(1870-1871)

Neuf-Brisach

(1870-1871)

Neuf-Brisach

SOUVENIRS ET IMPRESSIONS

D'UN MOBILE LYONNAIS

PAR

Valentin DURHONE

CITÒ ET BENÈ

LYON

IMPRIMERIE A. WALTENER ET Cie
14, Rue Bellecordière, 14

1888

(1870-1871)

Neuf - Brisach

SOUVENIRS ET IMPRESSIONS

D'UN MOBILE LYONNAIS

En écrivant ces lignes, je n'ai pas eu d'autre
but, que de fixer les tableaux et les souvenirs
d'une époque néfaste, déjà lointaine, qui a
marqué dans mon existence.

Loin de moi la prétention téméraire de dé-
crire et encore moins de juger les graves événements « quorum pars minima fui ». J'ai
voulu simplement retracer les sentiments et
noter les impressions personnelles d'un obscur
soldat de rencontre, jeté au milieu d'un sombre
drame, dans lequel le hasard lui a assigné une
place infime.

1

Récriminer contre les faits, critiquer les hommes responsables ne sera donc point mon objectif. Je ne me suis rendu à cette extrémité, que contraint par la force même des choses, et lorsque mon sujet m'a imposé de lui-même cette nécessité.

Lyon a envoyé ses bataillons de mobiles et de mobilisés aux quatre coins du territoire envahi. Son sang a coulé sur presque tous les champs de batailles de la France. Et, remarque singulière, en dehors des récits historiques, des brochures de polémique militaire, des ouvrages spéciaux, aucun écrit de nature à ressusciter l'histoire privée de l'odyssée guerrière des Lyonnais, n'est sorti d'une plume lyonnaise (1) ; car je ne saurais comprendre dans cette catégorie, le livre de MM. Thiers et de la Laurencie, publié sous les auspices du colonel Denfert-Rochereau, qui est une sorte de compte rendu officiel du siège de Belfort. N'y a-t-il pas lieu de s'étonner de cette absence de documents intimes ? Comment

---

(1) Je ne connais sur le siège de Neuf-Brisach qu'une seule brochure, courte mais très intéressante, due à la plume d'un Lyonnais bien connu, M. Louis Pétrequin.

ne pas regretter qu'aucun de ces nombreux Lyonnais dispersés à Paris, à Belfort et à Nuits, dans l'armée de l'Est, n'ait songé à tenir, au jour le jour, registre de ses propres sensations, de ses émotions personnelles, de ses angoisses patriotiques, de l'opinion et de l'état moral de son milieu, des faits et gestes de son régiment ou de son bataillon ? L'ensemble de ces annales aurait permis de reconstituer à côté de l'histoire officielle, les fastes du Livre d'or de notre chère ville natale.

Quelles pages émues à ajouter aux pages glorieuses des batailles de Nuits, de Villersexel et de cette héroïque épopée de Belfort, digne des temps antiques.

Puisse l'exemple d'un simple « Moblot » du bataillon lyonnais envoyé à Neuf-Brisach, provoquer les souvenirs et les récits de ses compatriotes, qui, mieux favorisés par le sort, ont combattu sur une scène moins restreinte et plus retentissante.

Sathonay.

Je terminais mes études de droit à Paris, au moment de la déclaration de guerre à la Prusse. Pendant ce mois de juillet 1870, je

fus donc témoin de l'explosion belliqueuse qui
transforma la capitale, si absorbée la veille
encore par la politique intérieure, en un
vaste foyer d'excitations guerrières.

La nouvelle de l'ultimatum se répandit d'un
bout de la ville à l'autre avec une rapidité
prodigieuse.

La vie normale se trouva brusquement
suspendue : Une pensée unique, exclusive,
préoccupait la cité en délire : la guerre. Il
serait assurément curieux de rechercher le
caractère des manifestations bruyantes qui
suivirent. Trop spontanées pour être fac-
tices, n'étaient-elles pas une des conséquences de la légèreté et de l'insouciance
française subitement troublées ? La guerre
éclatant soudain fit, sur la masse de la na-
tion, l'effet d'un coup de foudre déchirant
les voiles. L'opinion publique n'était point
préparée à cette surprise. Malgré Sadowa,
malgré certains symptômes précurseurs de
l'orage, elle n'avait jamais admis la possibilité
de la réalisation à si brève échéance, d'évènements prévus par quelques rares esprits
clairvoyants. Il fallut pourtant se rendre à l'évi-
dente brutalité des faits. De là un affolement
général qui prenait naissance dans un senti-

ment vague de la gravité de la situation. La foule pressentait qu'il ne s'agissait plus d'une de ces expéditions militaires si brillamment réussies par l'Empire, mais d'une de ces luttes où les forces vives de deux nations entrent en jeu. Quelle en serait l'issue? Le premier mouvement de stupeur passé, on éprouva donc l'impérieux besoin de réagir, de se dissimuler les anxiétés, de voiler sous des fanfaronnades les craintes et les angoisses.

On s'étourdit de bruit, de discours, de paroles sonores, de chants patriotiques. Malgré tout, l'orgueil national ne s'accommodait pas aisément de l'idée d'une défaite, et s'il entrevoyait bien des difficultés, bien des alternatives, pas un instant il ne mit en doute à cette époque là, le succès final.

Paris, que j'avais eu l'occasion de voir sous des aspects divers, offrait alors un curieux spectacle. Ainsi qu'aux jours d'émeute, l'orgie avait envahi la rue où elle régnait en souveraine. Des bandes avinées parcouraient la ville en hurlant : « à Berlin ». Pendant ce temps, nos ennemis opposaient à ces démonstrations populaires une attitude pleine de contrastes. Ils se recueillaient et agissaient en silence.

Quant à moi je ne vivais plus que dans la rue. Tout en subissant la contagion du malaise général qui planait sur la capitale affolée, je ressentais des émotions neuves et inconnues, dont les tristes scènes que j'avais constamment sous les yeux n'atténuaient ni la sincérité ni l'ardeur. Au sein de cette atmosphère surchagée d'enthousiasme germait en moi une semence de chauvinisme. Ce sentiment tout nouveau, je le sentis éclore aux accents de la « Marseillaise » entendue pour la première fois, sur le boulevard de Strasbourg. Ce jour-là, je fus profondément remué. *Des larmes involontaires jaillirent de mes yeux. Et sous l'impression de cette mâle et troublante harmonie*, dont le souffle évoquait la vision d'une sanglante mais glorieuse épopée, un frisson de patriotisme me secoua des pieds à la tête. J'eus l'intuition du mot « patrie » dépourvu pour moi de sens jusqu'alors. Il prenait corps, sous mes yeux, dans ce régiment partant pour la frontière, musique en tête, drapeau déployé. La nature de cette sensation fut telle que je n'entends plus les cuivres d'un régiment en marche sans me sentir envahi d'une émotion indescriptible qui remue toutes les fibres de mon être.

Combien de beaux régiments ne vis-je pas alors défiler vers les gares encombrées, sans me douter que, de spectateur je passerais acteur, et qu'un jour viendrait, où, le sac au dos et le fusil sur l'épaule, je défilerais à mon tour, sous les regards de mes compatriotes, que la fréquence de ces spectacles et la tournure des choses auraient rendus moins enthousiastes.

La faculté de droit venait de fermer ses portes. Je quittai donc Paris, où j'avais passé, gai et insouciant, deux joyeuses années. J'étais loin de pressentir que je rentrerais seulement l'année suivante, après seize mois d'absence, dans cette même ville méconnaissable et mutilée par les crimes de la Commune.

Les événements se précipitèrent. Ordre fut donné à la Garde Mobile, (institution qui n'avait jamais existé que sur le papier), de se former et de s'organiser.

Le 15 août 1870, muni des objets prescrits par l'affiche préfectorale placardée dans toutes les rues de Lyon, je me rendis au camp de Sathonay, lieu désigné par l'ordre de convocation. Et alors, commença une existence nouvelle qui, sans transition, m'arrachait tout-à-coup à ma famille, à mes amis, à mes relations, à mes études. Dussè-je vivre cent ans, jamais les souvenirs de mon début dans la vie de soldat ne sortiront de ma mémoire!

Réunir une multitude d'hommes subitement enlevés à leurs occupations ordinaires, d'origines, de professions, de tempéraments divers, qui ne se connaissent pas, qu'aucun lien n'unit entre eux, que tant de nuances sociales divisent, que tant de causes multiples séparent, et amalgamer tous ces éléments hétérogènes pour en composer une armée, ne peut être assurément l'œuvre d'un jour. Il ne fallait rien moins que les impérieuses nécessités du moment, pour oser une pareille tentative, dans ces temps troublés où tout s'effondrait à la fois. C'est dire d'avance quels désordres signalèrent les commencements de cette mobilisation improvisée au milieu du désarroi le plus complet.

Il serait difficile de se figurer l'aspect du camp de Sathonay pendant cette première période rudimentaire. « Une licence effrenée », ainsi que s'exprimerait Monsieur Prudhomme, régnait dans cette vaste agglomération d'hommes, qui affectait les dehors d'une grotesque mascarade. La Mobile rassemblée dans un camp, sous la pression des évènements, afin d'accomplir un devoir, ne semblait être réunie que pour une partie de plaisir. L'ivresse et la fatigue seules étaient assez puissantes pour imposer une trève momentanée à des excès qui recommençaient chaque jour, avec une intensité nouvelle.

Mais pourquoi insister sur les désordres, qui ont signalé le séjour de la Garde Mobile à Sathonay ? A Paris, à Neuf-Brisach, à Belfort, n'a-t-elle pas su racheter quelques jours d'égarements et de folie ?

Ma première nuit de camp demeure l'un des souvenirs les plus cuisants de ma vie militaire. Nous étions logés dans des baraques contenant cent hommes environ. Dans toute la longueur du local étaient disposées, à cinquante centimètres au-dessus du sol, les planches inclinées, formant lit de camp. Chaque Mobile avait droit à une paillasse garnie de débris de menue paille. Le moindre mouvement du corps arrachait à cette couche élémentaire des nuages d'une poussière si ténue et si fine, qu'elle provoquait des séries d'éternuements d'un bout de la chambrée à l'autre. Dormir sur cet appareil primitif et dans cette atmosphère paraît un problème difficile à résoudre, pour un homme habitué

à coucher dans un lit. Rien de plus simple
pourtant, un exercice perpétuel, la fatigue,
quelques nuits blanches, et le pli est pris.
Mais j'avais compté sans des hôtes inatten-
dus. Je fis pour la première fois leur connaissance. Hélas ! j'étais destiné à me familiariser
plus tard avec eux, dans la série de gîtes
de tous genres, où conduisent les hasards de
cette vie de soldat, dont je faisais le premier
apprentissage. Etait-ce l'attrait de la chair
fraîche ou le jeûne forcé imposé à ces camarades inséparables du troupier, par le départ
de nos prédécesseurs de la ligne, qui avait
surexcité l'appétit de ces suceurs? Toujours
est-il que la situation devint insoutenable.
Malgré une chasse infernale pratiquée à coups
de souliers, à la lueur des bougies, je fus
contraint, avec plusieurs amis, d'évacuer la
place. Force nous fut d'achever le reste de la
nuit à la belle étoile. Ceux qui dormaient
de ce lourd et pesant sommeil, compagnon
de l'ivresse (Dieu sait s'ils étaient nombreux),
furent seuls capables de supporter ce terrible
assaut.

Les premières lueurs de l'aube me trou-
vèrent roulé dans mon manteau, au milieu
du camp, sur une table dérobée sans doute à

quelque cabaret par des buveurs endurcis. Je m'éveillai sans avoir une perception bien nette de la réalité, contemplant avec stupeur le ciel qui s'étendait au-dessus de ma tête. Tout engourdi par la fraîcheur matinale, je regagnai ma baraque d'un pas rapide, non sans songer aux bizarreries de la destinée qui imprime parfois à la vie les allures fantastiques du rêve. Le joyeux étudiant de la veille n'était-il pas, comme par enchantement, transporté des boulevards parisiens au milieu d'un camp, et improvisé, sans coup férir, défenseur de la patrie en danger !

Cette journée qui commençait, ainsi que beaucoup d'autres qui suivirent, ne fut que la continuation des mêmes scènes de désordre et de confusion.

Nos officiers pourvus de leurs grades, sans autres titres que leur fortune, leur position sociale, leurs relations et alliances, étaient aussi ignorants de leur nouveau métier que ceux à qui ils devaient l'enseigner. Ce vice d'origine ne contribuait pas à hâter l'organisation des hordes de braillards insoumis, qu'ils avaient mission de transformer en soldats. Une autorité qui n'est basée ni sur la pratique ni sur l'expérience court grandement le risque d'être

méconnue. La discipline fut donc fort difficile
à établir dans de pareilles conditions. Bien
des conflits naquirent de cet état de choses,
conflits qui ne s'apaisèrent qu'à la longue, au
moyen de concessions réciproques, également
nuisibles au prestige des chefs, et au
fonctionnement régulier du service.

Effrayé dès le début, par l'appréhension de
vivre dans cette promiscuité régimentaire à laquelle je me voyais condamné pour un temps
indéterminé, j'eus un instant le regret de
n'avoir pas sollicité une nomination d'officier. Je commençai alors des démarches tar-
dives. On m'offrit un grade de sous-officier.

Puis, la réflexion aidant, le sentiment très-
vif de mon ignorance militaire, joint au désir
de ne pas me séparer de mes amis, qu'il eût
fallu quitter, me décida à refuser. Je me suis toujours applaudi d'être demeuré simple soldat.
Ce que je perdis sous le rapport du bien-être
matériel, je le regagnai en indépendance et en
absence de responsabilité. Dans mon rang
obscur, j'eus l'occasion de me livrer à de fort
curieuses études de mœurs, qui m'eussent
échappé à une autre place, et dont l'attrait
compensa largement à mes yeux, l'honneur de
porter des galons au milieu de nos tristes revers.

Ma compagnie était fort nombreuse et par conséquent disséminée dans plusieurs baraques, dont l'éloignement respectif compliquait le service. Pour obvier à cet inconvénient, elle fut groupée dans une immense écurie abandonnée par la cavalerie. Un peu de paille jetée sur le sol caillouteux servait de lit aux hommes. Brisés par la vie active, le grand air et la fatigue, nous dormions en dépit du tapage incessant, malgré les cailloux pointus qui nous meurtrissaient les reins, et, bien souvent, nous avons maudit l'impitoyable sonnerie du réveil, qui, à la pointe du jour, nous tirait de ce lit de douleur.

Peu à peu un embryon d'ordre surgit du cahos. Cette multitude d'hommes de toutes conditions formait un ensemble plus homogène, sur lequel la discipline excerçait une prise vague encore mais pourtant ostensible. Ne se fatigue-t-on pas, du reste, de tout et particulièrement des excès ? Puis, les bourses garnies par les parents attendris, lors du départ de leurs fils, s'allégeaient à vue d'œil sous la lourde main des hôteliers, des cabaretiers et exploiteurs de tous genres qui vivent sur le soldat. On rentrait ainsi peu à peu dans l'ordre par lassitude et manque de ressources.

Des instructeurs, détachés des régiments de ligne, nous inculquaient les premiers éléments et venaient en aide à l'insuffisance constamment prise en flagrant délit de nos infortunés officiers et sous-officiers. Rien de plus excusable du reste que l'inexpérience de nos chefs. N'étaient-ils pas, comme leurs subordonnés, étrangers pour la plupart la veille encore aux rudiments de l'instruction militaire ? De ce qu'ils avaient été bombardés dans leurs grades, au gré des hasards les plus divers, il n'en résultait pas qu'ils eussent acquis du jour au lendemain les qualités nécessaires. Malgré la meilleure volonté, il leur était impossible de posséder des connaissances et une expérience dont le travail et le temps sont les seuls dispensateurs.

Comme nous soldats, ils n'étaient que des apprentis. Mais ce fut assurément une curieuse anomalie que des professeurs ignorant le premier mot de la science qu'ils étaient chargés d'enseigner à leurs élèves.

Sous l'ardent soleil d'août, à travers le sol pierreux du camp, au milieu des désœuvrés de la ville, des parents accourus de près ou de loin, pour voir leurs enfants, la manœuvre

avait lieu deux fois par jour. Ces quelques
heures de travail quotidien rompirent le désœuvrement et l'oisiveté de la vie ordinaire. En
arrachant du cabaret les plus endurcis, elles
contribuèrent à implanter la discipline et l'idée
du devoir forcé. Beaucoup d'incorrigibles trouvaient encore le moyen de se soustraire à cette
obligation. Fertiles en ruses, ils déjouaient
les mesures prises et, malgré tout, les punitions n'étaient infligées que timidement,
avec une extrême modération. L'autorité usa
de ménagements à défaut desquels une rébellion eût été possible avec des hommes aussi
dépourvus des notions de la discipline. La
prudence conseillait d'éviter à tout prix cette
éventualité. S'il avait fallu agir, du reste, avec
la rigueur militaire habituelle, c'était courir le
risque encore plus grave de priver les punitions
de sanction. Les délinquants étaient nombreux, et les salles de police et prisons trop
étroites pour renfermer tous ceux dignes d'être
leurs hôtes.

Au début, la nouveauté des exercices, l'attention exigée, une certaine émulation, me
firent trouver, à ce travail mécanique, un attrait particulier dont le principal mérite à mes
yeux consistait à m'enlever à moi-même, à

m'empêcher de penser. C'était comme un repos, une espèce de halte pour mon esprit, qui se détendait et jouissait pleinement de se laisser aller à la dérive, au fil de cette vie uniforme, exempte de soucis matériels, ne nécessitant d'autre effort que celui de s'abandonner vivre. Peu à peu, ce charme s'évanouit. Le retour quotidien et obligatoire aux mêmes heures, des mêmes mouvements, des mêmes commandements, me firent prendre en dégoût ces exercices dont la monotonie inflexible annihile l'être humain et le transforme en véritable automate. Quoique résigné à tout, je ne possédais sans doute pas encore une dose d'abnégation suffisante pour faire à ce point abstraction de ma personnalité.

L'esprit de corps, qui ne tarde pas à s'emparer de toute réunion d'hommes appelés à vivre sous une loi commune, pointait déjà dans ma compagnie. Les relations antérieures, le voisinage, les similitudes de goûts, de rang social, les sympathies, poussaient aux groupes, aux coteries. Isolé au milieu de tant d'inconnus, il me fallait faire un choix de camarades. Bientôt je devins membre d'un petit faisceau de jeunes gens qui, étrangers entre eux la veille de leur appel sous les drapeaux, se séparèrent à la fin de la guerre, liés d'une indissoluble amitié. Les mêmes fatigues, les mêmes épreuves, les mêmes dangers, traversés ensemble, créèrent entre nous des attaches que la vie n'a pas rompues. Etroitement unis, toujours d'accord, nous formions dans la compagnie un noyau, où la diversité des caractères n'était qu'un attrait de plus. La mauvaise humeur échouait contre notre philosophie sereine, qui avait pris pour devise : rire de nos misères. Aux plus tristes jours, il était rare qu'une saillie ou une riposte plaisante ne parvint à dissiper les nuages sur les fronts les plus sombres, à provoquer un rire salutaire sur les lèvres les plus obstinément closes. Tant il est vrai que le fonds de vieille et légendaire gaîté française, qui est un des plus précieux apanages de notre race, est impérissable. Au moindre appel, elle surgissait sur les visages. Aussi n'ai-je jamais mieux compris que dans ces moments difficiles, que la destinée ne nous épargna point, la profondeur et la justesse de la pensée de Rabelais : « Mieux est de ris, que de larmes escrire, pour ce que rire est le propre de l'homme. »

Oui, le rire est bon, sain, bienfaisant. Chez

nous, Français, il fait comme partie intégrante
de notre nationalité. C'est le levier qui servit
aux Mobiles à triompher des moments les plus
critiques. De même que la foi, il accomplit des
merveilles. Pour ma part, je lui ai vu opérer
des prodiges, à ces heures de sombre découragement où le soldat anéanti, accablé sous
les intempéries, mourant de faim et de soif,
dénué d'espoir, se couche dans le fossé du
chemin, à côté de ses armes, la tête sur son
sac, regardant le ciel et attendant la mort. Je
l'ai vu empoigner ces demi-cadavres, les re-
dresser d'une secousse électrique, les prendre
sur ses ailes, et les ressusciter. Aux jours les
plus tristes, alors qu'il semblait envolé à jamais, je l'ai entendu jaillir des plus mornes
silences. Il éclatait d'abord timide, honteux,
détonnant, puis gagnait à la ronde. Ses échos
moqueurs répercutés dans les rangs, illumi-
naient les visages éteints, réveillaient les dé-
sespoirs muets, stimulaient les énergies aux
abois.

Quinze jours s'étaient écoulés depuis notre
arrivée à Sathonay.

A ce moment, les compagnies trop nombreuses furent épurées, les hommes impropres
au service éliminés, les cas d'exemption exa-

minés, l'effectif fixé. L'armement et l'équipement étaient des plus sommaires; fusil à piston, pantalon de drap marine à bandes rouges, blouse de toile bleue à parements rouges, képi noir, cartouchière, ceinture porte-baïonnette, une musette de toile blanche, une couverture de laine grise, en guise de sac et de capote. Sans le fusil, il était facile de nous confondre avec des facteurs ruraux. Quand nous fûmes armés et équipés de la sorte, l'autorité militaire jugea bon de nous éloigner de Lyon, dont la proximité était si funeste à la discipline.

Aussitôt grand émoi parmi les Mobiles qui, en prévision d'un départ imminent, courent embrasser parents et amis.

Je passai la soirée au milieu des miens tristes et affectés à la pensée des hasards que j'allais affronter, tandis que j'étais presque content de l'occasion qui me permettait de voir du pays. Ce fut la dernière fois qu'il me fut accordé de coucher dans un lit. Je ne devais plus, avant le mois de janvier suivant, dormir ailleurs que sur la paille, la planche, l'herbe, ou dans la boue.

Le 30 août, vingt et une compagnies de cent soixante hommes chacune, réparties en trois bataillons, furent désignées pour former le seizième régiment de marche.

Je fis partie de la x compagnie du 2e bataillon de ce régiment.

Le 31 août, continuation des préparatifs de départ.

Le 1er septembre, on part! on part! Cette nouvelle colportée de bouche en bouche met le camp en ébullition. Chacun procède aux derniers apprêts.

Le troupier, comme l'escargot, porte sa maison et son ménage sur le dos. Ce n'est pas un mince problème à résoudre que celui qui consiste à faire choix, outre les objets réglementaires, de ceux qui sont indispensables. Deux écueils sont à éviter. Ou ne rien emporter, et manquer de tout à l'occasion, ou se surcharger outre mesure, et passer le temps de la route à jeter du lest, ce qui aboutit en somme au premier inconvénient. La moyenne convenable est très délicate à apprécier. On ne se rend compte, qu'après l'avoir éprouvé, du poids fantastique que peuvent acquérir quelques grammes de charge supplémentaire, quand les épaules meurtries ploient sous un fardeau déjà trop lourd, que les pieds endoloris refusent leur service, et que l'estomac vide crie la faim. L'école des « chapardeurs » a simplifié ce délicat problème. Ceux-là sont vite accoutumés à l'esprit de sacrifice. Quand l'étape est trop pénible, ils savent à merveille faire la part du feu. Ils se débarrassent des objets qui les gênent, sauf à renouveler à l'occasion, à peu de frais, sans scrupules, leur cargaison abandonnée, et ce au détriment des voisins. Si le procédé est commode, du moins n'est-il pas à la portée de toutes les consciences.

Le paquetage, compliqué par l'absence de sac et le manque d'expérience fut très laborieux. Néanmoins chacun s'arrangea à sa guise, modifiant, complétant le chargement au gré de son inspiration ou de sa fantaisie. Car l'ordonnance réglementaire se trouva proscrite de ces édifices artistiques, dont quelques-uns atteignaient au chef-d'œuvre. Le soir, après des adieux répétés « inter pocula » à la famille, aux amis, accourus pour serrer une dernière fois la main « au Moblot », le régiment, musique en tête, se mit en marche, escorté de tout ce qui restait au camp.

Il était dix heures du soir. Ce fut un spectacle original que ce défilé de « facteurs ruraux » entrevu à la lueur des torches, dans leur accoutrement héroï-comique, chargés de ballots aux formes saugrenues, le pain de munition embroché au canon du fusil, les marmites, les bidons, les gamelles en sautoir. Bientôt, une avalanche des objets les plus divers ne tarda pas à marquer le passage de la colonne. Les chargements si laborieusement construits s'égrenaient au bout d'un kilomètre de route. Malheur à la gamelle qui tombait ! Des simulacres de partie de ballon s'organisaient dans les rangs tapageurs. Des centaines de pieds se disputaient le récipient d'étain. A peine avait-il le temps de toucher terre qu'il rebondissait soudain sous une nouvelle impulsion. Après quelques secondes de locomotion aérienne, il s'abattait sur un képi, ou jetait le désarroi dans une file, qui se ruait tout entière sur l'intrus, en lui imprimant derechef, un énergique élan.

Le tombeau du maréchal de Castellane, dont la mémoire est demeurée légendaire dans la région lyonnaise, était situé sur le bord de la route que nous suivions, route connue sous le nom de : Montée des Soldats. Il fut salué au passage, de bruyants hurrahs, accompagnés d'épithètes plus ou moins respectueuses. Les sentinelles de pierre qui montent une éternelle faction devant le mausolée, se détachaient toutes blanches dans l'ombre. Immobiles en leur rigidité de statues, elles regardèrent impassibles défiler ce « troupeau de moutons ». Seuls les mânes du vieux guerrier durent tressaillir dans leur tombe, au bruit de ce cliquetis d'armes, qui évoquait les gloires du passé en face des tristesse du présent.

Bientôt la vision disparut dans un nuage de poussière. Et, brusquement, en vertu de la loi mystérieuse qui préside à l'association des idées, ma pensée se reporta aux jours de mon enfance. Je revis le vieux maréchal, cassé, noué, constellé de décorations, branlant le chef, dans le salon de ma mère, à l'époque de sa visite annuelle, aux environs du premier janvier. Il restait quelques minutes agitant ses longues jambes au coin de la cheminée, débitait un madrigal, tirait de ses poches bourrées de bonbons, un bâton de sucre de pomme, qu'il m'offrait en accompagnant son cadeau d'une tape amicale sur la joue, puis partait en se dandinant. Cette visite était pour moi un évènement attendu avec une impatience fébrile. Comme il était loin ce temps-là ! Le bambin avide de friandises était maintenant un conscrit marchant à la défense du territoire envahi !

A minuit, nous formions les faisceaux sur

les trottoirs de la gare de Vaise. Une foule
curieuse et empressée, malgré l'heure avancée, nous accabla d'ovations. Les clairons
sonnaient le rappel. Les officiers en deuxième
classe, les soldats en troisième s'empilèrent
tant bien que mal les uns sur les autres. Le
sifflet de la locomotive retentit. Le train
s'ébranla. Aux portières, des grappes de têtes
se penchaient. Des yeux humides s'efforçant
de percer l'obscurité adressaient à travers
l'espace un dernier adieu aux êtres aimés
quittés peut-être pour toujours. Combien
d'entre nous ne devaient plus jamais revoir
les murs de leur ville natale !

Le train filait maintenant à pleine vitesse.
Les voix fatiguées s'éteignaient d'enrouement
et de lassitude. Les chants devenaient plus
rares. L'excitation du départ tombait peu à
peu. Les bruits cessèrent. Certains essayaient
de dormir ; d'autres, plongés dans leurs rêve-
ries, essuyaient des larmes furtives. Puis bientôt le sommeil, compagnon inséparable de la
jeunesse, vint clore toutes les paupières, et un
grand calme succéda au tumulte.

Nous traversâmes sans les voir les plaines
du Beaujolais, du Mâconnais, peuplées de mes
plus chers souvenirs d'enfance. Le jour nous

surprit aux environs de Dijon. Où allions-
nous ? Personne ne le savait encore. A Dijon,
nous quittâmes la route de Paris, pour prendre
la direction de l'Est. Belfort devait être le
terme de notre voyage.

Je ne dirai rien de ce long trajet, effectué en
chemin de fer avec la lenteur désespérante des
trains de marchandises. Après tout, la chair à
canon n'est-elle pas une marchandise comme
une autre, sinon commerciale du moins militaire ?

De Dôle à Belfort, la voie est encaissée dans
l'étroite vallée si connue sous le nom de :
Trouée de Belfort. De chaque côté la vue est
bornée par de hautes montagnes. De temps à
autre le Doubs apparaît dans son lit hérissé
de roches. Je trompais les ennuis de mon désœuvrement en contemplant le paysage sévère
dont la sauvagerie m'enchantait. Nous aper-
çûmes, perchée sur son pittoresque rocher, Be-
sançon avec son imposant appareil de défenses
naturelles.

A certain moment, le train s'arrête en plein
bois. Un Mobile a l'idée d'arracher un arbuste
et d'en orner la portière de son wagon. Cet
exemple est aussitôt suivi. En un clin d'œil,
nos véhicules furent décorés de verdure et

de sapins entiers. Rien de pittoresque comme cet immense convoi en marche, chargé sur les toits et les marchepieds de ses voitures de grappes humaines enfouies dans le feuillage. Le paysan courbé sur sa bêche dans les champs riverains suspendait un instant son travail. Ebahi, il regardait cette étrange forêt mouvante s'avancer dans un nuage de fumée.

Le soleil dardait des rayons de feu transformant l'atmosphère en fournaise. Vers le soir, un orage éclata. Nous débarquâmes à Belfort à neuf heures sous une pluie torrentielle.

Belfort.

Aucun ordre n'avait été donné en prévision de notre arrivée, aucun logement préparé. Belfort, comme toutes les places fortes en temps de guerre, fermait ses portes au coucher du soleil. Sous aucun prétexte, il n'était permis d'y pénétrer après la fermeture réglementaire.

Nous stationnons l'arme au pied sous la pluie. Au bout d'un certain temps, les ordres attendus n'arrivant point, la débandade commence. Nos officiers ne tentent aucun effort pour l'empêcher. Fort embarrassés de leurs hommes, ils laissent à leur initiative personnelle, le soin d'accomplir la besogne négligée par l'intendance. La gare était située loin de la ville, à l'extrémité d'un faubourg, en dehors de l'enceinte des fortifications. Abandonnés à eux-mêmes, les Mobiles tirent au hasard, à la recherche du gîte et de la pâture. Belfort et sa banlieue étaient garnis de troupes. Les auberges étaient bondées, les vivres pris d'assaut. Morts de faim, crottés, mouillés jusqu'aux os, nous errions à l'aventure. A chaque pas nous croisions des compagnons d'infortune. Comme nous, ils frappaient à toutes les portes, et partout ils étaient brutalement éconduits. La situation devenait critique. Nous en étions au point d'agiter la question de prendre de force le premier abri venu, écurie, hangar, grenier quelconque. Un paysan qui, de sa fenêtre, avait entendu nos discussions et nos imprécations, nous offrit à propos, par peur ou par pitié, un asile dans l'écurie de sa vache. Il nous fournit du pain et du fromage pour apaiser notre faim. Après ce sommaire repas, nous nous étendîmes mes amis et moi, sur la paille dans un coin de l'étable. La nuit s'écoula tant bien que mal, au milieu des mugissements inquiets de la vache, qui, troublée dans sa solitude, ne s'habituait pas à notre société, en dépit des égards prudents témoignés à ses cornes. Notre dépense, qui s'élevait à quelques centimes par tête, fut scrupuleusement soldée. Depuis la veille, aucune distribution de vivres n'avait eu lieu.

La modique somme d'un franc remise à chaque homme au départ de Sathonay était présumée suffisante pour les dépenses de vingt-quatre heures de route !

Ce premier aperçu du désordre et de l'incurie de l'administration militaire m'a, depuis, rendu indulgent pour les excès commis par les soldats en campagne. Car, sauf de rares exceptions, ils sont causés par la force même des choses ou la négligence de ceux qui ont charge de les empêcher.

Quelques-uns de nos camarades mieux avisés, restés dans la gare même, passèrent la nuit, confortablement étendus sur les coussins des wagons qui s'y trouvaient en grand nombre.

A cette époque, 35,000 hommes environ étaient concentrés sous Belfort. Toutes les casernes, tous les forts, tous les locaux susceptibles d'être utilisés regorgeaient d'uniformes variés. Il fallut renoncer à l'espoir un moment entrevu de coucher dans les murs de la ville, c'est-à-dire, dans un endroit à peu près con-

fortable, et proche du centre des approvision-
nements. Notre bataillon fut installé en pleine
campagne, dans des fermes que le gouvernement avait achetées pour y établir des travaux de défense. Le sous-sol était déjà garni
de mines, ce qui permettait aux Mobiles de
dire, sans métaphore, qu'ils dormaient sur un
volcan.

A ma compagnie échut en logement une
écurie dépendant de cette ferme de Bellevue,
qu'il était réservé à nos camarades des autres
bataillons de la Mobile du Rhône, d'illustrer
par leur héroïque défense sous les ordres du
colonel Denfert. On s'entassa, partie dans le
fenil, partie le long des crèches. Les anneaux
qui servaient à attacher les bêtes nous tenaient lieu de suspension. Nous y ajustions la
bougie destinée à éclairer nos sommaires toi-
lettes de nuit. Ce fut là notre gîte pendant une
dizaine de jours.

Quelles folles soirées pourtant passées dans
ce misérable réduit, quels éclats de rire contagieux, lorsqu'étendus sur le fumier qui clapo-
tait sous la pression du corps, nous évoquions
dans nos causeries le souvenir des rideaux
immaculés et des draps blancs du logis paternel!
Quels contrastes! Quels bouleversements dans

toutes les existences! En vingt jours que de
changements invraisemblables. Ce n'était pas
le moindre de nos étonnements, que de constater notre facilité à accepter un genre de vie
et d'occupations, auxquelles nous n'étions ni
destinés ni préparés. La malpropreté, l'ordure,
les incommodités, les privations, les fatigues,
ne nous apparaissaient plus maintenant que
comme les éléments naturels d'un état de
choses normal, subi, accepté sans révolte, sans
indignation. Car notre gaieté intarissable,
notre entrain endiablé, notre parti-pris de rire
de nos misères, excluaient toute idée de
résignation et de sacrifice.

Quelqu'un a dit qu'il n'était pas nécessaire
de gratter profondément un civilisé pour
retrouver un sauvage. Cette assertion se
confirmait par notre propre exemple. Brusquement arrachés aux conditions d'une existence
régulière, nous retournions à la vie primitive,
sans que cette transition brutale exerçât une
influence fâcheuse sur notre santé et notre
humeur. Tant il est vrai que l'homme possède
une aptitude merveilleuse à se déshabituer
d'un confortable et d'un superflu, considérés
comme indispensables, mais qui ne sont au
fond que conventionnels.

Quelle plume exercée exigerait la description de nos originales chambrées, après le dernier appel ! Que de sujets dignes de tenter le crayon d'un Randon ou d'un Gustave Doré !

Ici, un groupe éclairé par la flamme vacillante et fumeuse d'une chandelle, dont les attitudes grotesques, les accoutrements bizarres, les types variés, prennent sous les yeux de l'ombre et de la lumière des apparences fantastiques.

Ici, des joueurs disputant leurs cartes à la paille, se querellent, s'injurient. Tout à coup une ombre traverse l'espace. C'est un soulier « un godillot » lancé d'une main non moins adroite que vigoureuse qui éteint la chandelle et clot la discussion. Obscurité complète, pêle-mêle indescriptible. On se heurte, on se perd, on se cherche à tâtons, jusqu'au retour de la lumière.

Plus loin, un dormeur obstiné, indifférent aux bruits du voisinage, ronfle sans vergogne. Une malicieuse marmite tombant à propos le coiffe et le réveille en sursaut. Il se fâche, veut faire un mauvais parti à ses voisins, qui se tiennent les côtes, puis se rendort en grommelant de vaines menaces bientôt étouffées sous le tohu-bohu général.

Ailleurs, un autre dormeur repose étendu sur le dos, bouche béante. Sa large face s'épanouit, bestiale, à fleur de paille. Un madras aux couleurs vives préserve de la poussière son épaisse chevelure. Il geint là, aplati, écrasé sous l'étreinte d'un robuste sommeil. A ses côtés s'étend alors tout doucement, appuyé sur son coude gauche, et lui tournant le dos, son plus proche voisin, dont le bras droit promène sur la figure de l'endormi, les délicats chatouillements d'un long brin de paille. Grimaces du patient. Des frissons sillonnent son masque grotesque : ses narines se dilatent ou se contractent tour à tour au dessus de ses moustaches hérissées en brosse. Nouvelles passes prolongées. Sans s'éveiller, la victime chasse, d'une main nerveuse, le malencontreux insecte acharné sur sa face, qui revêt des aspects indescriptibles. Elle maugrée entre ses dents et envoie au diable toutes les bestioles de la création. La galerie retient son souffle. Tout-à-coup le rire, longtemps contenu, éclate bruyant, sonore, pendant que le mystifié en fureur se doute enfin de l'espèce à laquelle appartient l'animal qui le tourmente. Prudemment, l'opérateur sournois s'est aplati sur la paille, en simulant des ronflements formidables, destinés à dépister les soupçons.

Une autre fois, c'est un ivrogne inerte, échoué sur le fumier, la face brillante de sueur, en train de cuver son vin. Ses mains crispées semblent encore tenir un verre. Ses camarades l'empoignent par les quatre membres et le transportent insensible, inconscient, dans un campement voisin endormi, en chantant à mi-voix le *De Profundis*. Ce convoi égaye un instant la faction des sentinelles échelonnées dans les champs, qui gravement présentent les armes au cadavre, mais laissent passer le cortège, sans exiger le mot d'ordre. Le lendemain, l'ivrogne, à demi dégrisé, s'éveille dans un local inconnu, au milieu de visages étrangers, qui le toisent avec méfiance. Alors interviennent des explications aussi bruyantes que confuses. La conclusion ne se fait pas attendre. L'intrus, qui a peine à ressaisir le fil de ses idées embrouillées est brutalement expulsé aux cris de : A la porte, le chapardeur.

Certains soirs, les amateurs de musique qui pullulaient dans ma compagnie improvisaient des concerts. La traditionnelle baïonnette fichée en terre et surmontée de la chandelle classique composait toute la rampe. Le ténor en chemise, les pieds dans des chaussettes, coiffé d'un bonnet de coton, hurlait ses notes d'une voix plus ou moins avinée. Les chants patriotiques jouissaient du privilège d'être beuglés à l'unisson. Toute la chambrée entonnait le refrain en chœur. Pauvres dormeurs, quel désespoir ! Des bravos, des hurras, des bis, des sifflets, des aboiements, des cris de bête, des trépignements épileptiques accueillent la fin de chaque exécution. Et ainsi jusqu'à une heure avancée de la nuit.

Un autre soir, exhibition de la ménagerie Bidel au grand complet, imitation du cri de tous les animaux de la création, production de la bête, description de ses mœurs, de ses amours, boniment du dompteur, accent compris. Ces scènes étaient exécutées avec un réel talent d'observation, et rendues avec une vraisemblance parfaite, au point qu'un auditeur caché derrière une tapisserie, eut aisément pris la fiction pour la réalité.

Parfois, d'un bout de la chambrée à l'autre, éclataient des interpellations individuelles ou de groupe à groupe, ou pour parler le langage du troupier des « engueulades ». Ma plume se refuse à donner un échantillon de ces tournois de gueule, dans lesquels le catéchisme poissard déroulait un vocabulaire d'épithètes et de qualificatifs invraisemblables. C'était alors un feu roulant de saillies poivrées, dont la lecture de Rabelais, même en ses morceaux les plus libres, ne donnerait qu'une pâle idée. La langue parlée possède le monopole de certaines audaces refusées à la langue écrite. Le peuple est un maître en ce genre. Nul n'excelle comme lui à rendre sa pensée naïve et grossière, en quelques expressions typiques, concises, frappées au coin du naturalisme le plus cru. Dans un seul mot gît tout un poëme, tout un tableau.

De ma vie, je ne me souviens d'avoir ri d'aussi bon cœur, que dans cette misérable écurie de Bellevue, de ce rire «à gorge déployée et ventre déboutonné » qui dégénère en crises d'épilepsie.

Ainsi se manifestait sous les formes les plus variées, ce vieux levain d'esprit gaulois, persistant au fond de nous-mêmes, en dépit des tristesses du présent et des douloureuses nécessités qui nous amenaient sur les champs de batailles.

Un dimanche matin (4 septembre), en flânant entre amis, le nez en l'air suivant l'habitude des troupiers « à la balade » nous découvrîmes sur les murs de l'hôtel de ville de Belfort, une affiche blanche, annonçant le désastre de Sedan et la captivité de l'Empereur. Personne ne voulait ajouter foi à ces nouvelles officielles. La veille encore circulaient les bruits les plus rassurants. Mac-Mahon, victorieux, aurait rejeté l'armée allemande au delà de la frontière. Pendant toute cette journée, la dépêche relative à Sedan, fut l'objet des commentaires les plus passionnés. On ne voulait à aucun prix admettre la cruelle vérité. Le lendemain, les journaux la confirmèrent en donnant des détails précis. Il n'y avait plus à conserver aucun doute. L'empire effondré, la France envahie, Paris menacé, la République proclamée ! Quelle avalanche d'événements considérables en quelques heures ! La consternation fut générale, le désespoir intense. Puis quand on apprit que le gouvernement provisoire refusait de signer la paix, qu'il prêchait la lutte à outrance, une lueur d'espoir ranima les courages défaillants. On s'imagina que des hommes nouveaux surgiraient à la hauteur des circonstances. De l'excès même de nos malheurs jailliraient sans doute de puissantes individualités capables « d'organiser la victoire » et de repousser l'étranger dans un élan suprême.

L'histoire des peuples n'est-elle pas remplie de l'apparition de ces sauveurs aux heures les plus critiques, qui mettent en jeu leur existence même ? Le souvenir légendaire des volontaires de 1792 était dans toutes les mémoires. Ce que les pères avaient accompli, pourquoi les fils ne le tenteraient-ils pas aussi ? Cet amoncellement de catastrophes, qui semblaient devoir tout emporter, fit sur les esprits l'effet d'un sanglant coup de fouet. L'énergie se réveilla sous la douleur. La honte, le désir de la vengeance, la nécessité, l'honneur du pays, imposaient alors, comme une obligation sacrée, la résistance. Un moment, on eut le courage du désespoir.

Hélas ! L'histoire ne se recommence pas. Les temps et les hommes n'étaient plus les mêmes. Les évènements vinrent les uns après les autres, dissiper une à une les illusions généreuses et comprimer l'élan de la première heure. La leçon devait être absolue, radicale, implacable. Tout effort humain était destiné à se briser contre les décrets impitoyables de la fatalité.

Mais ce n'est qu'à notre retour de captivité que nous entendîmes pour la première fois, et dans notre pays, imputer à crime, aux gens qui avaient ramassé le pouvoir vacant par la chute de l'Empire, de n'avoir pas désespéré de la Patrie, en essayant de prolonger une lutte inégale. Sans risquer une incursion hors de mon sujet, dans la politique, qu'il me soit permis de dire qu'un seul parti s'imposait alors, celui de la résistance. Elle était réclamée par l'opinion publique quasi unanime sur ce point. Peu importe de rechercher les motifs véritables qui ont inspiré les hommes du gouvernement de la Défense nationale, peu importent même les conséquences matérielles, désastreuses, de la guerre à outrance, la nécessité de la lutte se dressait inéluctable. Il est des heures critiques dans la destinée d'un peuple, où il doit à sa satisfaction personnelle, à son honneur intime de ne pas s'avouer vaincu. Il faut lutter malgré tout dans ces moments-là, même avec la conscience de l'inutilité de ses efforts, ne serait-ce que pour conserver vis-à-vis de ses ennemis et surtout de soi-même, le sentiment de sa propre dignité. Si platonique qu'elle soit, cette considération ne mérite-t-elle pas quelques sacrifices ?

C'est du moins ce que nous pensions tous, nous qui avions tout à espérer de la conclusion de la paix, et tout à redouter de la prolongation de la guerre. Ces impressions agitaient les esprits et se manifestaient à chaque instant, dans les conversations en pleine rue, à la table des cafés, autour des tentes.

Sous l'influence de ce courant nouveau, la discipline, le temps aidant, sembla s'améliorer. L'habitude, l'éloignement de la ville natale, l'argent devenu plus rare, ne furent certainement pas étrangers à cette heureuse modification dans notre manière d'être.

Les vieux fusils à piston apportés de Sathonay furent remplacés par des fusils à tabatière, des effets de campement distribués, et l'équipement complété tant bien que mal.

Un beau matin, nous quittions sans regret le fumier de Bellevue pour les glacis de la citadelle.

Le terrain de campement offrait une surface très inclinée. Ce ne fut pas un mince travail pour nos mains novices et inexpérimentées, que d'enfoncer des piquets sans autre outil que des cailloux dans un sol pierreux, puis d'y dresser une tente. L'édification commença, entravée par des tâtonnements et des déceptions sans nombre. La construction achevée, le problème consistait à caser six hommes sous la lilliputienne maison de toile. Impossible d'y pénétrer autrement qu'en rampant sur les genoux et d'y rester, autrement que couché ou accroupi. Les premiers essais d'installation, ainsi que les premières tentatives d'entrée ou de sortie furent égayés d'incidents comiques. A chaque instant, un dos moins souple que les autres emportait, en entrant ou en sortant, le frêle édifice, qui s'abattait alors sur le maladroit.

A partir du jour où nous logeâmes sous la tente, le temps se gâta franchement. Nous couchions dans la boue. La paille ne fut distribuée en quantité suffisante qu'après de bruyantes et incessantes réclamations. Il pleuvait fréquemment. Force nous fut d'accomplir des chefs-d'œuvre de terrassement, pour ne pas nager dans l'eau qui coulait en torrent sur le terrain incliné pendant les orages. Un fossé de draînage fut creusé autour de notre abri afin de faciliter les écoulements. Que de fois, pendant la nuit, n'avons-nous pas senti un contact humide et glacial sur nos visages! C'était la tente, dont les piquets, cédant dans le sol détrempé, s'abattait sur ses habitants, contraints de la réédifier, sous le vent et la pluie.

D'autres fois, les sentinelles du camp, chargées de protéger notre sommeil, n'imaginaient rien de plus amusant, pour tromper les en-

nuis de leur faction, que de donner un coup
de pied dans les cordes qui retenaient la tente.
Celle-ci, brusquement privée de ses soutiens,
s'aplatissait d'un seul coup sur ses hôtes endormis. Simple histoire de rire, de « faire une
bonne blague aux camarades » obligés de se
lever en sacrant et jurant pour réparer le désastre.

Et pourtant nous dormions comme des
bienheureux en dépit de ces incidents dont la
fréquence était peu propice au repos.

La fatigue causée par les exercices et les
corvées, la vie perpétuelle au grand air, la lassitude engendrée par l'obligation de rester
toujours sur ses jambes afin de ne pas pourrir
dans la boue, étaient autant d'éléments, qui
contribuaient, le soir venu, à rendre presque
agréable notre triste couche. Le sommeil dis-
tillait ses pavots les plus épais sur nos
fronts de vingt ans, et l'insomnie était un mal
inconnu parmi nous.

Au petit jour, les clairons de la citadelle
sonnaient le réveil en fanfare. A ce signal, de
tous côtés, dans les profondeurs de la ville
encore endormie, sur les montagnes, à travers
la plaine, éclataient les gais accents des clairons isolés de chaque compagnie. Pendant

quelques minutes, c'était une cascade de notes
claires et joyeuses, répercutées par tous les
échos dans les transparences sonores des lueurs
matinales. Lorsqu'un rayon de soleil égayait
le paysage, le spectacle devenait féerique. L'œil
se promenait ravi, sur les innombrables villes
de toile, disséminées dans tous les coins de
l'horizon, les unes groupées sur les pentes, les
autres blotties dans les ravins, et dont l'écla-
tante blancheur se détachait sur l'obscurité de
la verdure et le sol brun.

Le camp se peuplait alors de formes étranges, qui sortaient une à une en rampant de leur
abri, les vêtements couverts de brins de paille,
les cheveux hérissés, la barbe inculte, les yeux
bouffis de sommeil et d'humidité. On s'étirait;
les membres raides, endoloris, avaient peine à
reprendre leur jeu. On réparait ensuite les
avaries survenues à la tente pendant la nuit,
en resserrant une corde trop lâche, en conso-
lidant un piquet mal fixé. On nettoyait les
armes amies de la rouille, qui réunies en faisceaux, restaient exposées aux intempéries. Les
plus soigneux procédaient en plein air à une
toilette sommaire que la pénurie d'eau propre rendait très compliquée.

Lorsqu'il est obligé de parcourir plusieurs

kilomètres pour s'en procurer, le troupier qui pourtant estime peu ce liquide, en devient économe. La nécessité rend ingénieux : aussi la toilette du soldat en campagne vaut la peine d'être décrite.

A son entrée au service, le gouvernement lui octroie notamment une gourde, dite bidon, et un gobelet en étain, appelé *quart*, en raison de sa contenance qui est le quart du litre. Ce dernier objet sert tout à la fois de verre, de petit verre, de tasse à café, de cuillère à pot et de cuvette. Quand il joue ce rôle de cuvette, le troupier qui, à l'occasion, a fait provision d'eau dans son bidon, en remplit son quart, et réserve le surplus pour parer à la soif. Alors, le corps penché en avant, il porte le gobelet à ses lèvres, et conserve dans sa bouche tout ce qu'elle est susceptible de contenir de liquide, entre ses joues gonflées. Puis serrant les dents en ne laissant qu'une étroite ouverture, il projette un mince filet sur ses mains qu'il frotte avec ardeur. La première gorgée sert à humecter, la deuxième à savonner si savon il y a, la troisième à rincer. Le fond de culotte remplit la fonction d'essuie-mains. Cette première opération terminée, c'est le tour de la figure. Saisissant alors le quart, l'opérateur se jette à plusieurs reprises le restant de son contenu au visage. Le revers de la manche de chemise se transforme en linge de toilette, et tout est dit. Si ce procédé n'est pas absolument efficace, du moins brille-t-il par sa simplicité originale et pratique.

Le temps s'est écoulé dans ces divers soins. Des fumées blanchâtres s'élèvent en minces colonnes alignées sur le front de bandière. D'immenses marmites posées en équilibre sur des foyers formés par des pierres ramassées dans les champs, laissent échapper des flots de vapeurs. C'est l'heure impatiemment attendue du café, préparé par les cuisiniers levés avant le jour. Le défilé commence. Chacun rapporte sa gamelle mi-pleine. Sous l'action rapide et bienfaisante du chaud breuvage, le sang reprend sa circulation, la parole renaît sur les lèvres violettes, les visages verdâtres retrouvent leur incarnat. En un clin d'œil s'éclipsent, comme par enchantement, les influences malignes de la nuit passée sous la tente. Le camp s'emplit de rumeurs bruyantes et joyeuses. Au silence maussade du réveil a succédé le bourdonnement alerte d'une ruche à l'essor.

Le clairon sonne l'appel. En route pour l'exercice ! Deux mortelles heures à manœuvrer à travers les brouillards du matin, dans la rosée glaciale des prés.

Pendant la « pause » les verres de « blanche » circulent à la ronde, servis par les « marchandes de gouttes » dont l'essaim complaisant suit toujours la compagnie en marche. Au retour de l'exercice, les corvées. Il fallait aller très loin, chercher du pain, de la viande, du riz, du café, des pommes de terre, du bois, de l'eau et rapporter sur le dos un sac pesant, à travers les taillis, en gravissant des pentes pénibles même pour un mulet.

Sur les dix heures, sonnerie de la soupe, impatiemment désirée, après une matinée commencée au jour et si bien remplie. C'est plaisir de voir disparaître le contenu des gamelles pleines dans les estomacs affamés.

Après la soupe, nouvelles corvées, puis exercice et repas du soir. Alors, les hommes seulement, qui n'étaient point commandés pour un service, jouissaient de quelques heures de liberté, jusqu'au dernier appel, qui avait lieu à huit heures. Quelle joie d'abandonner ce triste camp ! Malgré la fatigue de la journée, un besoin incessant de locomotion, ou plutôt une attraction inconsciente vers les lieux civilisés, nous poussaient à fuir notre

asile boueux. Quel bonheur enfantin de sa-
vourer, en devisant et fumant, assis sur des
chaises, sous un toit, près d'un poële ronflant,
à l'abri des intempéries, un moka militaire à
15 centimes la tasse !

Puis la retraite mettait un terme à ce bien-
être passager, en nous contraignant de regagner nos tentes à travers les champs et les
chemins de chèvres, détrempés et glissants,
dans l'obscurité, sous un ciel pluvieux ou sa-
turé d'embruns.

Le lendemain ramenait une nouvelle journée qui ressemblait invariablement à la précédente par le retour inflexible des mêmes
travaux.

Je montais ma première garde à la gare de
Belfort.

L'endroit était animé par le mouvement des
trains, l'arrivée et le départ des voyageurs.
C'était une réelle distraction pour nous, de
voir des gens revêtus de ce costume civil que
nous avions porté autrefois. Et puis le voisinage d'un buffet confortable permettait de
rompre la monotonie de l'ordinaire par un
festin plus varié, qui ne constituait pas le
moindre attrait de ce poste envié entre tous. Un
vaste corps de garde offrait, en outre, ses

planches sèches aux membres fatigués qui
s'étendaient à l'aise, sans redouter les contacts
et les froissements causés par l'étroitesse de la
tente. Dans notre vie de misères, toutes nos
pensées ne tendaient qu'à une amélioration
des conditions matérielles. Le moindre adou-
cissement à notre sort était considéré comme
un bonheur insigne. Ces détails futiles exci-
tent aujourd'hui mon sourire. Si je les men-
tionne, c'est pour constater que nous deve-
nions peu à peu, par la force même des choses,
de véritables troupiers. Boire, manger, dormir, se soustraire le plus possible aux exigences du service, tel est en général l'objectif
unique du simple soldat et son idéal le plus
ardemment poursuivi.

Pendant cette nuit une pluie torrentielle
tomba jusqu'au jour. Je reçus, sans autre abri
qu'une couverture, un nouveau baptême, qui me
causa plus d'impression que celui qui me fut
administré à mon entrée dans la vie. Entre
quatre et six heures du matin, je repris de nouveau la garde.

Les impressions de cette première veillée
d'armes, ainsi que les tableaux et les choses
entrevus pendant mes allées et venues de
sentinelle, se retracent encore, très nets

à mon esprit, malgré le temps écoulé.

J'étais en faction devant un wagon chargé de poudre, sur la voie même du chemin de fer encaissée, à cet endroit, entre deux talus élevés qui ne laissaient apercevoir qu'une bande de ciel encore tout constellé d'étoiles pâlissantes. A gauche, des wagons de marchandises bornaient l'horizon. A droite, un pont surplombait; au-dessous la voie ferrée, dont les rails luisants, traçaient des sillons lumineux dans l'obscurité. La pluie avait cessé. Dans mes vêtements mouillés je frissonnais sous la morsure de ce petit vent frais, qui chasse les ombres de la nuit et précède le jour. A travers les brouillards résonnèrent les sons grêles de la trompette de cavalerie toujours éveillée avant l'aurore. Bientôt des pas de chevaux dans le lointain frappèrent mon oreille de leur bruit confus. Ils allaient à l'abreuvoir. Je les vis défiler, deux par deux, sur le pont au-dessus de ma tête, dans une demi-teinte incertaine, sur laquelle s'ébauchaient leurs silhouettes vagues et grises. Puis tout retomba dans le silence, troublé seulement de temps à autre par le chant des coqs qui se répondaient de ferme en ferme. C'était l'heure indécise, où le jour naissant lutte contre la nuit qui a peine

à s'enfuir, heure pleine de tressaillements et
de frissons, que je n'avais jamais encore en-
trevue qu'après une veillée de fête, à la
lueur des bougies mourantes et amenant avec
elle le sentiment de tristesse et de lassitude
que laissent les plaisirs vides et bruyants.
Pour la première fois de ma vie, elle me trouvait debout, frais et dispos, le fusil au bras,
remplissant un devoir, jouant un rôle d'obscur
comparse, dans le terrible drame où achevaient de s'accomplir les destinées de la
Patrie.

Les Allemands venaient de pousser une
pointe jusqu'à Colmar et Mulhouse, qui ne
possédaient plus un seul soldat français dans
leurs murs. Aussi entrèrent-ils sans coup férir
dans ces deux villes, qu'ils imposèrent d'une
forte contribution de guerre. Cette incursion
produisit une vive alerte à Belfort, qui crut
l'heure du siège arrivée. Mais l'ennemi, au
bout de quelques jours, sans pénétrer plus
avant, retraversait le Rhin. Son but se bornait
sans doute à exécuter une simple reconnaissance, pour s'éclairer sur le pays, et sur la
quantité des forces susceptibles de lui être
opposées, quand il jugerait bon de prendre
l'offensive.

Le 17 septembre, notre bataillon s'installa au fort des Perches, alors en construction. Nos tentes furent transférées des glacis de la citadelle sur ceux du fort. Sous l'influence des pluies continuelles, les maladies contagieuses et les dyssenteries exerçaient leurs ravages dans l'ancien camp.

En sus des exercices habituels, nous aidions les soldats du génie à creuser des trous de mine, à couper les arbres des bois à vingt-cinq centimètres du sol, et à relier ensuite les souches entre elles par de solides fil de fer, destinés à entraver la marche de la cavalerie ennemie. Beaucoup d'ouvriers, mais peu de besogne réelle.

Ce fut au milieu de ces occupations que nous surprit un ordre de départ. Nous avions cru que Belfort serait notre destination définitive. Il n'en était rien. La nouvelle d'un changement de garnison fut accueillie avec joie, un séjour de trois semaines ayant amplement suffi à épuiser les ressources de la ville et les charmes de ses environs. Notre humeur voyageuse se fit une fête de parcourir des régions nouvelles. Le mouvement, les incidents de la route, opèrent d'heureuses diversions sur l'état moral du troupier, et dissipent les impressions fâcheuses engendrées par la vie de camp à trop forte dose.

L'équipement fut encore complété, et les blouses de toile, déjà bien minces pour les nuits de septembre, furent remplacées par des vareuses de laine bleue.

Le 22 septembre, embarquement du bataillon à la gare de Belfort. Le train ne stationna que pendant quelques minutes à Mulhouse ; il nous déposa dans l'après-midi à Colmar. C'est là que nous connûmes notre destination, Neuf-Brisach, petite place forte sur l'extrême frontière, dont le nom même était à peine connu de la plupart d'entre nous.

A Colmar, une réception enthousiaste nous attendait. La population avait vu partir la garnison dès le début de la guerre. Elle était heureuse de contempler les uniformes français à la place des uniformes allemands circulant dans la ville, quelques jours avant notre arrivée. Ce fut une véritable fête. Quelle différence avec la population de Belfort, qui, saturée de l'élément militaire, regardait le soldat d'un œil indifférent, et le considérait presque comme un ennemi campant sur son territoire, malgré tout l'argent qu'une pareille agglomération d'hommes devait laisser

entre ses mains. A Colmar, accueil empressé
et cordial, affabilité prévenante. L'habitant se
disputait le troupier. C'était à qui incomberait
le bonheur de lui offrir gîte et nourriture gra-
tis. Les Mobiles embarrassés ne savaient lequel
entendre, car il était difficile de se décider à un
choix au milieu d'offres si gracieuses.

La ville était pavoisée en notre honneur. Le
soir, l'enthousiasme atteignit au délire. Notre
commandant, touché de la sympathie dont son
bataillon était l'objet, donna ordre à la musique de jouer sur la place principale. La foule
s'y était entassée, fraternisant étroitement avec
les Mobiles. Quel contraste pour ces derniers,
qui, le matin encore, pataugeaient dans la boue
des glacis de Belfort, et qui, le même soir se
trouvaient transportés dans un lieu de délices!
Heureuses compensations aux mauvais jours
écoulés! Derniers moments accordés aux plaisirs avant les heures sombres qui étaient proches!

Mes amis et moi, après un repas plus confortable que d'habitude, et non sans avoir pris une
part bruyante dans l'allégresse générale,
reprîmes le chemin de la caserne d'infanterie,
veuve depuis deux mois de ses hôtes. L'appel
n'eut lieu que pour la forme ce soir-là et la

plupart des hommes passèrent la nuit où bon leur sembla. Notre groupe d'amis se créait une sorte de gloriole de ne pas coucher dans un lit, tant que durerait la campagne. Fidèle à cette tradition, il ne se laissa point tenter par l'hospitalité des habitants de Colmar et se contenta des planches de la caserne. La municipalité avait du reste prodigué la paille fraîche avec une profusion à laquelle nous n'étions pas habitués. Aussi quel bon sommeil et quelle jouissance de ne plus s'éveiller sous les parois ruisselantes de la tente!

La ville avait prolongé sa veillée de fête, bien avant dans la nuit.

Affamée des plaisirs faciles dont elle était sevrée depuis longtemps, la Mobile se rua à l'assaut des beautés complaisantes, avec une furia toute française. Aussi, le lendemain plus d'un conquérant, traînant la patte et ployant sous la fatigue, accomplit péniblement l'étape. Dans certains quartiers de Colmar, les saturnales dépassèrent en intensité celles qui avaient signalé les premiers jours de Sathonay. Il fallut pourtant s'arracher à cette oasis semée sur notre dur chemin. Mais plus d'un pleura cette Capoue de quelques heures. Pendant long-temps Colmar demeura un sujet inépuisable de

souvenirs et de regrets, agréables pour les
uns, cuisants pour d'autres, dont le récit
défrayait les longues veillées de la tente et de
la casemate.

A cinq heures du matin, le réveil sonnait.
De tous les coins de la ville accouraient des
retardataires. Neuf-Brisach est séparée de
Colmar par une distance de seize à dix-sept
kilomètres environ. C'était la deuxième marche
un peu longue pour le bataillon, depuis son
entrée en campagne.

La distribution si vivement réclamée des
sacs n'avait point eu lieu. Nous en étions tou-
ours réduits à trimbaler sur le dos ou en
sautoir nos grotesques et incommodes ballots,
bondés d'effets de fantaisie autant et plus que
d'objets réglementaires. Dans ces conditions,
une marche un peu prolongée devenait impra-
ticable. En outre, la possibilité d'une rencontre
n'était pas improbable dans une région éloi-
gnée seulement de trois ou quatre lieues de la
frontière, et parcourue par les Badois huit jours
auparavant. Que serait-il advenu en pareille
occurrence ? Frappé de cette considération,
notre commandant loua des voitures pour transporter les paquets. Libres de nos mouvements,
chargés seulement de cartouches, nous accom-

·plîmes gaiement l'étape, non sans jeter de temps à autre des regards inquiets sur tous les accidents de terrain, susceptibles de cacher l'ennemi. Des tirailleurs déployés sur les flancs du détachement, en dehors de la route, à travers les champs, l'éclairaient, fusils chargés, baïonnettes au canon.

En sortant de Colmar, nous franchissons la rivière au pont d'Orebourg. Une maison criblée de trous d'obus avait servi de retranchement à une compagnie de francs-tireurs du Rhône, qui tentèrent vainement de défendre l'entrée de la ville contre la colonne envoyée en reconnaissance, la semaine précédente. De vigoureux et enthousiastes hurras saluèrent cette ruine, derrière laquelle nos compatriotes, malgré leur petit nombre, avaient réussi à arrêter, pendant une heure, toute une division badoise.

Le temps était propice, et la route attrayante. A mi-chemin, nous traversons la superbe forêt du Kastenwald, aux arbres séculaires. Nous croisons, escortées par un détachement de la garnison de Neuf-Brisach, des charrettes remplies de prisonniers badois, dirigés sur le Midi de la France. C'est la première fois que nous apercevons les uniformes allemands. Ils sont accueillis au passage d'une bordée d'imprécations et d'injures.

Des officiers à cheval viennent de Neuf-Brisach, à notre rencontre. Nous sortons du Kastenwald, pour traverser le village de Wolfgantzen, qui fut, dans la suite, l'objectif de plusieurs sorties.

Bientôt surgissent, sous les rayons d'un radieux soleil, le clocher et les remparts de :

Neuf-Brisach.

A onze heures environ, nous pénétrions sous la porte de Colmar, dont le poste nous présentait les armes. Les faisceaux furent formés sur la place. A peine eûmes-nous le temps de prendre un repas à la hâte, que déjà nous sortions de la ville, par la porte de Bâle, diamétralement opposée à la précédente. Il fallait renoncer à l'espoir de loger dans l'une des quatre immenses casernes situées le long de la face interne du rempart. Suivant la coutume, rien n'avait été préparé en prévision de notre arrivée pourtant signalée.

Le camp fut établi sur un étroit espace resserré entre les fortifications et le canal du Rhône au Rhin. Il circula parmi nous à cette époque, le bruit étrange, que si nous étions ainsi parqués, c'était dans le but de nous isoler du reste de la garnison, et de lui éviter de la sorte le contact de notre insoumission et de notre indiscipline. J'éprouve de la répugnance à admettre cette version, car je n'ai pas vu de cas d'insubordination bien graves, sauf un seul que je mentionnerai fidèlement à son heure. Quelques bonnes paroles suffisaient en général pour ramener les égarés et calmer les têtes chaudes, comme il y en a toujours dans une réunion d'hommes un peu importante, dont l'éducation militaire ne saurait être complète, après six semaines de service. Le gouverneur n'avait-il pas lui-même demandé à son collègue de Belfort, un bataillon de Mobiles du Rhône, ainsi que nous l'apprîmes plus tard? Comment présumer cette réputation d'indiscipline qui nous aurait précédés. Toujours est-il que nous demeurâmes littéralement séquestrés pendant une huitaine de jours, dans une enceinte que les obstacles naturels, un canal et des murs, eussent suffi, à défaut de défenses formelles, à rendre infranchissable. Les corvées seules pénétraient dans la ville, pour en rapporter la nourriture.

En dépit de l'isolement et du manque ab-

solu des distractions ordinaires, ce fut certainement pour moi l'époque la plus douce
de ma vie militaire. Le temps était superbe.
Un beau soleil d'automne égayait les rigueurs de notre réclusion. Le sol était sec,
le gazon épais, l'eau pure du canal coulait à
proximité, que fallait-il de plus pour rendre le
camp habitable.

Pour ma part, j'ai passé dans ce petit coin,
des heures charmantes, dont le souvenir
évoque en moi toute une série de jouissances
calmes et sereines. Il y a parfois dans la vie
des moments bénis, où un rare concours de
circonstances prédispose à un optimisme qui,
pour n'être que passager, n'en est que plus
fécond en enchantements très-vifs. Je tra-
versais sans doute une de ces périodes si
courtes dans la destinée humaine. Car, d'humeur gaie, insouciant de l'avenir, bien portant, sous les influences saines de l'existence
au grand air, qui maintient le physique et le
moral dans un merveilleux équilibre, je sentais
tout mon être vibrer de jeunesse et de santé.
Et si d'aventure une balle allemande venait à
trancher le fil de ces heureux jours, peu m'im-
portait, pourvu que la mort fut prompte et
exempte de souffrances.

En attendant le cours des événements, le cadre de mon tombeau éventuel m'enchantait. Que de fois l'ai-je parcouru des yeux, ce splendide décor d'opéra, sans me lasser jamais de ses aspects aussi variés que chacune des heures du jour !

Le soir, après une journée remplie des mille détails dont la vie du soldat est pleine, je m'étendais sur l'herbe. Alors, la pipe aux lèvres, dans la position horizontale chère au rêveur ainsi qu'au troupier, sous le coup de la propension contemplative dégagée par les fumées du tabac, perdu dans mes songes, je regardais jusqu'à ce que la nuit, baissant la toile, me chassât à regret sous la tente.

Derrière le camp, la ville, avec ses massifs remparts de maçonnerie, couronnés de gazon, son dédale d'ouvrages fortifiés, ses glacis verts, et ses noirs fossés. A mes pieds, le canal et ses ondes dormantes qu'aucun souffle d'air ne ridait. Au-delà, l'étendue des champs cultivés qui allaient mourir dans les marécages bordant le Rhin. Un ceinture de gigantesques peupliers indiquait son lit, masqué par la verdure, que trahissait seulement un rideau de brumes vaporeuses, laissant deviner son cours sinueux. Quand le temps était calme, le bruit grondeur de ses flots, apporté par la brise issue de ses eaux, arrivait jusqu'à nos oreilles en de sourds murmures, qui évoquaient le souvenir familier des colères du fleuve de notre ville natale.

Au-delà du Rhin, une autre plaine. Puis plus loin, fermant l'horizon, la chaîne grandiose des montagnes suisses, qui dérobait à notre vue Bâle enfouie dans les replis d'une de ses vallées. Un long feston de pics, d'arêtes, d'aiguilles, aux formes originales, violemment estompées de bleu sombre, dentelait l'azur cru du ciel sans nuages. Et sur cet arrière-plan servant de repoussoir au paysage, surgissaient tous les détails d'un merveilleux fond de tableau, entrevus à travers la limpidité d'une atmosphère imprégnée de senteurs marécageuses, d'arômes sauvages et de parfums alpestres.

Sur la gauche, l'unique ouvrage avancé de la place, le fort Mortier, mouillant ses pieds dans le Rhin même, émergeait à peine d'un îlot de verdure. Pauvre petit fortin, notre sentinelle perdue! Vaillamment il lutta, noblement il mourut. Son heure devait sonner avant la nôtre.

Sur l'autre rive du Rhin, en face même du fort Mortier, s'étalait Vieux-Brisach, en territoire badois. Ses maisons, dont les plus basses baignaient dans le fleuve, escaladaient en gradins les flancs d'une colline qui forme l'un des derniers contreforts de la Forêt-Noire.

Au sommet et dominant l'ensemble des constructions, s'élançait la vieille cathédrale, sombre, presque en ruines, d'aspects bizarres, bâtie de pièces et de morceaux, dans les styles les plus divers, avec une immense plateforme entre deux tours massives. Elle servait d'observatoire à l'ennemi. Sur l'esplanade même, une batterie déployait la gueule noire et encore silencieuse de ses canons braqués sur notre camp, d'où on les apercevait distinctement.

Rien de pittoresque et de coquet comme cette petite ville disposée en étagère, avec sa cathédrale en faction sur les cîmes. Les larges tours, les clochetons gothiques profilaient leurs masses imposantes et leurs fines arêtes dans l'espace lumineux. Quand les pâles rayons du soleil d'octobre à son coucher frappaient l'antique édifice, les vieilles pierres s'embrasaient, sous ce dernier adieu, de tons fauves qui mettaient au front du monument, une auréole passagère. Bientôt, la nuit succédant à un court crépuscule, assombrissait l'horizon. Et des massifs depuis longtemps obscurs de la Forêt-Noire, montaient des brumes denses, qui, noyant peu à peu les contours du géant de pierres dans le vague et l'indécis, l'ensevelissaient à la longue comme en un linceul.

Toutes les nuits, nous entendions dans le lointain des grondements sourds, lugubres, avec des alternatives de redoublement et de silence. Nous crûmes d'abord à un de ces orages de chaleur, qui éclosent parfois dans les profondeurs des horizons d'été, sans altérer la sérénité de l'atmosphère ambiante. Mais le degré d'avancement de l'automne démentait la vraisemblance de cette hypothèse. Et puis la régularité, le retour périodique du même bruit prolongé, sinistre, dont la monotonie funèbre éveillait en sursaut le soldat endormi sous la tente, ne laissa bientôt subsister aucun doute sur son origine et sa nature. Hélas! c'était un orage où les puissances du ciel n'entraient pour rien, pluie de fer et de feu qui s'abattait sur Strasbourg expirant avant de tomber sur nos têtes.

Une nuit, le bruit cessa. Strasbourg avait capitulé.

C'est à ce moment que l'autorité militaire jugea prudent de soustraire les Mobiles aux

canons de la plate-forme de Vieux-Brisach.
Quel désastre si l'ennemi se fût avisé de diriger un feu de salve sur un bataillon entier
exposé en plein découvert pendant son sommeil sous les tentes !

Durant notre semaine de quarantaine, les
logements avaient été préparés et les dispositions prises. Aucun motif n'existait donc
plus pour prolonger une séquestration imposée sous couleur de punition disciplinaire.
La ville ouvrit enfin ses portes aux exilés, qui furent installés dans les greniers des
casernes, sous les tuiles, ce qui à tous égards
était encore préférable à la tente.

En narrateur scrupuleux et sincère, je dois
mentionner, à cette place, le seul manquement
sérieux à la discipline que j'aie vu se produire
pendant la durée de notre service. Sans l'ex-
cuser, je crois que l'état de réclusion auquel
nous avions été condamnés n'y fut pas étranger. Cette mesure sévère et considérée par
nous comme non justifiée, produisit un effet
diamètralement opposé à celui qui en était es-
péré. Le désœuvrement et l'oisiveté avaient
engendré une sorte d'irritation sourde, une
certaine fermentation, qui se manifestèrent chez quelques exaltés sous une forme

peu compatible avec la règle militaire.

Les journaux, très-difficiles à se procurer, avaient publié un décret du gouvernement provisoire, autorisant la Garde Mobile à nommer ses officiers elle-même, à procéder au maintien ou au remplacement par l'élection, de ceux institués par l'Empire. La Garde Mobile de la Seine, usant de ce droit, avait élu ses chefs, puis ce décret fut ensuite rapporté. Il n'est pas besoin d'insister sur l'inefficacité et l'inopportunité d'une pareille mesure en présence de l'ennemi, sur un territoire envahi. L'évidence démontrait en outre que les élus du suffrage universel ne deviendraient, pas plus que les brevetés de l'Empire, du jour au lendemain, capables et expérimentés. Mauvais soldats la veille encore, comment se seraient-ils transformés *ipso facto* en excellents officiers ? Un simple vote confère-t-il des qualités qui ne s'acquièrent que par le travail, l'étude et l'expérience ? Si défectueux que fût l'ordre de choses existant, le bon sens élémentaire conseillait de le maintenir, rien que pour éviter de nouvelles complications. Quelques têtes folles, sans tenir compte de ces considérations et sans prévoir les conséquences d'une pareille équipée dans une ville frontière en état de siège eurent la malencontreuse idée de constituer un embryon de bureau électoral chargé de proposer et discuter les candidatures. Cette tentative n'eut pas le temps d'aboutir, car les membres du comité furent aussitôt incarcérés. L'autorité militaire se montra indulgente à l'égard de ces meneurs, dont la rebellion platonique fut considérée comme une sorte de gaminerie. Au bout de quelques jours de prison, ils reprenaient leur service sans autre punition, le lendemain du bombardement du 7 octobre. Ma compagnie resta presque étrangère à ce mouvement, qui demeura localisé dans deux ou trois autres, où quelques cerveaux brûlés avaient su acquérir une influence qu'ils désiraient utiliser à leur profit personnel.

La garnison de Neuf-Brisach se composait :

INFANTERIE

· 1° Du bataillon de dépôt du 74° régiment de ligne, major Salgues (500 hommes).

2° Du 2° bataillon du 16° régiment de marche du Rhône, commandant Balagaierie (1.200 Gardes Mobiles).

3° Du 2° bataillon de la Garde Mobile du Haut-Rhin, commandant Messager.

4° Du 3ᵉ bataillon de la Garde Mobile du Haut-Rhin, commandant Belin.

5° De la compagnie de la Garde Nationale sédentaire de Neuf-Brisach.

6° De la compagnie des Francs-Tireurs de Neuf–Brisach.

7° De la compagnie des Francs-Tireurs de Mirecourt (Vosges) qui comptait parmi ses officiers, M. Eugène de Mirecourt, l'écrivain.

8° D'une compagnie de 80 douaniers.

ARTILLERIE

Sous les ordres du chef d'escadron Marsal, commandant l'artillerie de la place :

1° D'une demi-batterie du 6ᵉ régiment comprenant 70 hommes.

2° De deux batteries de la Garde Mobile du Haut-Rhin, environ 200 hommes.

CAVALERIE

De partie du dépôt du 4ᵉ régiment de chasseurs à cheval, lieutenant Delacoux, environ 60 cavaliers.

L'ensemble des forces de la défense n'atteignait pas 5,000 combattants.

L'armée active, d'après les chiffres ci-dessus, y figurait pour 630 hommes !

Le surplus n'était composé que de troupes irrégulières.

Quant à l'artillerie, elle mérite une mention toute spéciale.

70 hommes de l'armée active.

200 Gardes Mobiles.

Au total 270 artilleurs pour desservir une triple ligne de remparts.

Ces chiffres, suffisamment éloquents par eux-mêmes, se passent de commentaires et indiquent assez le sort réservé à cette place abandonnée sur l'extrême frontière !

M. le lieutenant-colonel du génie, Lostie de Kerhor, commandait en chef.

J'emprunte à l'intéressant ouvrage de Messieurs Risler et Atthalin, officiers de la Garde Mobile du Haut-Rhin, les détails techniques suivants sur la place forte de Neuf-Brisach :

« Lorsque Louis XIV eut cédé Vieux-
« Brisach, forteresse alors démantelée, située
« sur la rive droite du Rhin, il chargea Vau-
« ban de défendre en cet endroit le passage
« du fleuve devenu notre frontière de l'Est.
« La disposition pour le passage est, en effet,
« des plus favorables, un peu en amont de
« Vieux-Brisach, le cours du Rhin, faisant un
« rentrant en pays ennemi. »

« Vauban étudia les lieux, et sur un terrain
« parfaitement plan, il mit en pratique son
« troisième système. Il créa à 3,200 mètres du
« Rhin, à 4,000 de Vieux-Brisach, la place de
« Neuf-Brisach, considérée à juste titre comme
« son chef-d'œuvre.

« La place a la forme d'un octogone régulier.
« Huit fronts bastionnés parfaitement sem-
« blables forment le corps de place. Les bas-
« tions ou plutôt les tours, ainsi que les
« courtines qui les relient sont casematés.
« Chaque tour est couverte par une contre-
« garde, ouvrage détaché en forme de lunette
« et construit sur la même capitale. Le mur
« de revêtement de cet ouvrage, qui lui aussi
« a son fossé, ne s'élève que très peu au-dessus
« du terrain naturel, et sa berme est plantée
« d'une haie, pour en rendre l'accès imprati-
« cable. Entre les contregardes, protégeant le
« pied du mur du corps de place, se trouvent
« des tenailles, en avant desquelles sont établies
« d'importantes demi-lunes ayant aussi leur
« fossé.

« Enfin, pour défendre les abords de la
« contrescarpe, il s'y trouve installé un para-
« pet analogue à celui de la fortification
« passagère. La plongée de ce chemin

« couvert continue et forme le plan du glacis.

« Le grand avantage de ce système de fortifi-
« cation est l'emploi d'une énorme masse cou-
« vrante en terre, placée en avant du mur :
« il rend très-pénible et difficile un siège
« régulier ; il est également parfait pour le cas
« d'une attaque de vive force ou d'un assaut.

« En supposant même les feux de l'artillerie
« éteints, une descente dans les fossés peut
« être repoussée avec des pertes énormes pour
« l'assiégeant par les feux de mousqueterie.
« La longueur des fronts est, en effet, très peu
« étendue, 300 mètres de saillant à saillant ;
« les faces et les flancs des tours et des ouvra-
« ges extérieurs sont, de plus, larges et commo-
« dément aménagés, et ils peuvent porter un
« nombre respectable de défenseurs. »

L'ensemble de la ville et des fortifications
formait presque un cercle dont le rayon aurait atteint quatre ou cinq cents mètres à peine.
Dans l'intérieur des ouvrages, la ville proprement dite s'étendait, coupée par quatre artères
principales, aboutissant à chacune des quatre
portes. Leur point d'intersection se serait
trouvé au centre de la place d'armes, vide dans
le milieu, et plantée sur les côtés d'une
double rangée de tilleuls.

Les maisons revêtaient des aspects uniformes engendrés par un modèle invariable, portant le cachet du dix-huitième siècle : rez-de-chaussée, deux étages peu élevés, toits mansardés; aucune construction moderne ne rompait cette symétrie. On sentait partout la tutelle du génie militaire qui avait mesuré la hauteur aux édifices et surveillé leur alignement géométrique avec une rigueur soucieuse de la régularité mais ennemie du pittoresque. Toutes les rues, tirées au cordeau, présentaient une ligne droite inflexible.

Sur l'autre face de la place d'armes, vis-à-vis l'église, se trouvaient le bâtiment affecté au gouverneur, à la gauche de ce dernier la direction de l'artillerie, l'arsenal et ses deux petits parcs.

Quatre vastes casernes adossées au rempart étaient affectées au logement de la garnison; derrière chacune d'elles s'ouvrait une poterne qui permettait aux troupes de descendre dans le fossé.

L'hôpital militaire touchait à la porte de Belfort. Deux poudrières en forte maçonnerie s'élevaient en face des portes, l'une de Belfort, l'autre de Colmar. Un vaste bâtiment servant autrefois de manége, était transformé en magasin à fourrages.

Au nord-ouest de la place d'Armes :

La porte de Colmar, à laquelle aboutit la route de ce nom.

Au nord-est la porte de Strasbourg, en face de la route du même nom.

Au sud-est la porte de Bâle et la route de Bâle.

Au sud-ouest la porte de Belfort qui, n'étant pas en service, était toujours close.

En face de cette dernière, et en obliquant sur la droite, le village de Weckolsheim à 2,200 mètres, puis derrière, la forêt du Kastenwald.

En face la porte de Colmar, à 2,200 mètres également, le village de Wolfgantzen ; un peu plus sur la droite, la butte de tir sur le canal de Vauban, et au delà le village de Widensholen.

La forêt de Niederwald sur le canal du Rhône au Rhin, le village de Biesheim traversé par la route de Strasbourg, le fort Mortier sur le Rhin, les villages de Wolgelsheim, d'Algolsheim, d'Obersashcim et enfin de celui de Heiteren sur la route de Bâle.

Telle est à peu près l'énumération des points les plus rapprochés qui formaient l'horizon de la ville.

Le canal de Vauban ou de Neuf-Brisach s'alimentait des eaux de l'Ill, à Ensisheim, et aboutissait à quelques centaines de mètres de la porte de Belfort, à un endroit où se trouvaient les bâtiments d'une machine hydraulique, destinée à détourner son cours dans les fossés.

Le canal du Rhône au Rhin rasait les ouvrages avancés de la porte de Belfort, et coulait parallèlement au canal de Vauban dont il était séparé par une langue de terre. Il longeait les glacis jusqu'à la porte de Strasbourg, où il formait un vaste bassin, puis s'éloignait perpendiculairement à la place.

Le fort Mortier, de proportions minuscules, était situé près du Rhin, entre Neuf-Brisach et Vieux-Brisach. Son armement se composait de quelques canons de faible portée et sa garnison de 200 hommes environ.

Quant à l'artillerie de la place, elle comprenait sept pièces de 24, les seules douées d'une portée efficace, de quelques pièces rayées de 12 et d'un nombre assez considérable de pièces de divers calibres anciens modèles. Quelques-unes de ces dernières étaient plutôt, en raison de leur âge et de leur perfection artistique, dignes de figurer à Paris au Musée d'artillerie, que sur un rempart en face de l'ennemi. Sur plusieurs d'entre elles s'étalaient les armes parlantes de Louis XIV : un soleil flamboyant avec la devise : *Nec pluribus impar*, et une série d'ornements d'un beau travail. C'est indiquer d'avance leur degré d'utilité. Exhumées de la poussière de l'arsenal, où elles dormaient sans doute depuis plus d'un siècle, elles servirent seulement à boucher les vides trop apparents et à remplir le rôle inoffensif de simples figurantes.

Deux batteries de mortiers étaient installées à la porte de Colmar.

Les poudrières contenaient près de deux cent mille kilos de poudre et les magasins d'habillements une provision considérable d'effets d'équipement et de draps.

Les vivres abondaient également.

Des troupeaux de bœufs et de vaches, parqués dans le grand fossé du rempart du corps de place, où ils trouvaient à discrétion l'herbe et l'eau, fournissaient de la viande fraîche au fur et à mesure des besoins. Pendant le bombardement, la besogne des bouchers fut très simplifiée. Les projectiles ennemis en tombant sur la masse des animaux y causaient des victimes que les ouvriers n'avaient plus que la peine d'enlever et de dépecer.

L'investissement de la ville était proche.

Les troupes qui avaient assiégé Strasbourg, libres de leurs mouvements après sa capitulation, ne tardèrent pas à se montrer sous nos murs. La division du général Schmeling, qui s'était concentrée à Fribourg-en-Brisgau, passa le Rhin à Neuenbourg les 1ᵉʳ et 2 octobre et marcha sur Neuf-Brisach. Trois douaniers envoyés en éclaireurs dans le village de Heiteren furent surpris pendant la nuit. L'un d'eux fut tué; les autres rallièrent la place à grand peine.

Une petite troupe escortée de deux pièces de 4 rayées fut lancée en reconnaissance à la suite de ces faits; mais elle rentra sans avoir engagé d'action.

La division ennemie, quittant Neuenbourg le 5 octobre, poussa jusqu'à Balgau, et plaça ses avant-postes dans le village même de Heiteren.

Une colonne fut immédiatement envoyée à sa rencontre, divisée en deux tronçons, qui avaient pour objectif commun Balgau, où ils devaient opérer leur jonction, l'un en suivant la route de Bâle, l'autre en longeant le canal du Rhône au Rhin.

Le détachement qui avait pris la route de Bâle rencontra, dans le village de Heiteren, l'ennemi occupé à réquisitionner les habitants. Il emmenait des voitures chargées de provisions. Quelques coups de feu furent échangés sans résultat appréciable. Des renforts accoururent au bruit des détonations; pour éviter d'être cernée, notre petite troupe battit en retraite, et rentra dans la place à huit heures du soir.

A neuf heures, aucune nouvelle n'était encore parvenue du second détachement qui, parti de Neuf-Brisach à midi, en même temps que l'autre, devait, d'après les instructions prescrites, suivre le canal du Rhône au Rhin et le traverser à Dessenheim. Qu'était-il donc devenu ?

Le bataillon du Rhône, qui comptait une ou deux compagnies dans ses rangs, fut désigné pour lui porter secours, en suivant la même route.

Aussitôt grande rumeur. Les hommes étaient couchés. Eveillés en sursaut, ils furent sous les armes en un clin d'œil. Bientôt, commandant en tête, le bataillon défilait en silence, ébranlant de son pas cadencé les pont-levis, qui résonnaient sourdement sous les voûtes des portes de Colmar.

Ce fut un moment solennel, lorsque la rase

campagne se déroula tout à coup au sortir des abris puissants de la forteresse. Jusqu'à présent, il avait été très agréable de discuter guerre et combats, en fumant et buvant, les coudes sur la table, dans une sécurité absolue. En ces occasions, il est toujours aisé d'être un héros. Mais, quand une éventualité se transforme en certitude, quand la présence de l'ennemi, envisagée comme une possibilité lointaine, devient la réalité, quand l'échéance est brûlante et qu'il s'agit d'y faire honneur, alors la question change de face, et les perspectives revêtent des aspects nouveaux. Cette heure critique sonnait pour les Mobiles. Chaque accident, chaque pli de terrain recelait un adversaire et cachait peut-être la mort, embusquée, prête à jaillir des profondeurs de la nuit. Et chacun d'agiter dans son for intérieur, au milieu d'une obscurité propice aux appréhensions, tout un monde de pensées suscitées par l'imminence d'un engagement inévitable.

Que sont devenus nos infortunés camarades? Tous tués ou prisonniers, sans doute. Nous mêmes ne courons-nous pas au-devant d'un sort semblable? Cette marche pénible et trébuchante à travers les cultures ne nous conduit-elle pas à un guet-apens fatal, auquel personne n'échappera ? On dirait que la nature elle-même est complice de l'ennemi. Quel splendide tombeau offert à nos cadavres, dans le lit profond de ce canal que nous suivons, et dont les ondes rouges de sang annonceront à nos compagnons, restés derrière le rempart, que leurs frères d'armes ont vécu! Quel lieu plus favorable pour le sommeil éternel que cette fosse aux eaux calmes, entre ces berges rembourrées d'un épais gazon, sous ces vigoureux peupliers, dont le feuillage toujours agité, bercera le repos des élus!... Après tout... Qui sait! L'avenir est à Dieu et la mort n'est qu'une loterie.

Sous l'influence de ces réflexions sérieuses, la colonne s'avançait grave, recueillie. Au-dessus des têtes soucieuses planait un silence religieux, troublé de temps à autre par le cliquetis des armes entrechoquées, ou la voix grondeuse d'un officier faisant accélérer l'allure et serrer les rangs. La marche était difficile. Les pieds trébuchaient dans les sillons des champs labourés, s'enchevêtraient dans les pommes de terre et les récoltes laissées sur plantes par leurs propriétaires conviés sous les drapeaux pour une autre moisson plus sanglante.

La clarté douteuse, tombant d'un ciel sans
lune, ne permettait de discerner que très vague-
ment les objets à courte distance. A un endroit
le sol se raffermit tout à coup ; le terrain devint dur comme s'il eût été piétiné, et des sacs
de troupiers apparurent distinctement gisant à
terre. Evidemment c'est là qu'avait eu lieu le
combat. Les cadavres sans doute n'étaient pas
loin. Haletants, anxieux, les Mobiles serraient
leurs fusils chargés, le doigt sur la détente,
sondant d'un œil perçant les ténèbres suspectes.
Un nuage de poussière s'élève en avant de la
colonne, et le galop retentissant de chevaux
lancés à pleine vitesse secoue toute les poi-
trines d'une indicible émotion. Voilà l'ennemi !
Au milieu d'un silence de mort, retentit un
bref et sec commandement de : Halte ! Et serrant ses rangs, frémissante, la petite troupe se
prépare à la lutte.

Fausse alerte !

Les chasseurs à cheval qui éclairaient la
marche avaient rencontré dans les bois, entre
Heiteren et Dessenheim, le détachement
cherché. Pour une cause qui m'est restée inconnue, il n'avait pas exécuté le mouvement
prescrit sur Balgau. Les éclaireurs venaient
tout simplement apporter la nouvelle de leur

trouvaille au commandant, qui donna l'ordre de rejoindre.

Après une courte halte, les deux colonnes réunies ralliaient la place. Une détente immédiate éclata, et les rangs silencieux redevinrent jaseurs. Chacun racontait ses impressions personnelles en hâtant le pas. A deux heures du matin, les portes de Colmar, tournant à nouveau sur leurs gonds, livraient passage au détachement qui regagna ses quartiers. Et bientôt, dans les chambrées, on n'entendit plus que les haleines rhytmées des dormeurs, oublieux des émotions de cette alerte nocturne.

Le lendemain, la compagnie de piquet accomplit sa reconnaissance quotidienne, sans rencontrer l'ennemi dans sa tournée.

Depuis notre séjour à Neuf-Brisach, notre régime culinaire avait été modifié. Auparavant la soupe était apprêtée pour la compagnie entière, par des cuisiniers en titre, exempts de tout autre travail. Maintenant, dans la compagnie subdivisée en escouades de seize hommes, le caporal chargé de l'ordinaire remettait au chef de chacune d'elles, des vivres pour ses seize bouches. Puis, deux Mobiles désignés à tour de rôle dans l'escouade et dispensés, ce jour-là seulement, d'exercice, des gardes et de corvées, préparaient les mets. Ce système offrait le double avantage de répartir également les charges du service sur tous, sans créer une classe de non-combattants, et de permettre de soigner l'alimentation ainsi confectionnée en petites quantités. Les cuisiniers, changeant tous les jours, rivalisaient de zèle et s'ingéniaient à varier le menu quotidien, suivant leur degré d'aptitude spéciale. A défaut d'amour-propre, la crainte du châtiment populaire inspirait une salutaire vigilance « aux préposés à la cuisine » car l'escouade ne plaisantait pas sur la grave question de la soupe.

Malheur au négligent qui, au lieu de surveiller la marmite, se laissait tenter par les douceurs de la flânerie en ville. Au retour de l'exercice, une bande d'affamés, déçus dans leur appétit, empoignaient le flâneur, en dépit de ses protestations. Puis jeté sur une couverture tendue par des bras non moins vigoureux que vengeurs, il accomplissait dans les airs une série de bonds désordonnés, retombant pile ou face, durement cahoté en compagnie de souliers, de gibernes, de gamelles et des objets les plus variés. Cette leçon suffisait en général, et le cuisinier oublieux de ses devoirs était à jamais guéri de toute velléité de rechute, par la perspective d'une seconde édition du supplice redouté de « la couverte ».

Ce jour là, 7 octobre, le « tour de cuisine » tombait sur moi et mon ami X..., mon voisin de couchée et de rang. La vie commune nous avait liés d'une amitié qui, bien que ne datant que de deux mois à peine, revêtait tous les charmes d'une vieille affection. Mon ami X... possédait la spécialité d'une foule de petits talents, qui le rendait un homme précieux dans une infinité de circonstances. Son esprit ingénieux, fertile en ressources, aimant à élaborer de savantes combinaisons culinaires, se donnait carrière, quand il était de « cuisine. » C'était fête ce jour-là dans l'escouade. Elle se réjouissait d'avance, en supputant les agré_bles surprises qui lui seraient ménagés.

Voici, du reste, le détail d'un de ces menus organisés avec les matériaux primitifs fournis par le gouvernement. Ils consistaient en pain, viande de bœuf, pommes de terre, riz. Ces diverses substances jetées la plupart du temps dans la marmite se réduisaient, après une cuisson plus ou moins complète, en soupe vulgaire, dont l'absorption répétée deux fois par jour, finissait par rebuter les estomacs les moins difficiles. L'ami X. exigeait le matin, de chaque

homme, un modeste sou, que les moins fortunés pouvaient toujours prendre sur leur paie.
Au moyen de ces seize sous consacrés à l'achat
de lait et de graisse blanche, il accomplissait
des prodiges.

Le riz composait une délicieuse soupe au
lait.

Le bœuf découpé en minces tranches, cuites
dans la graisse, se transformait en succulents
beefsteacks.

Les pommes de terre sautées dans le restant
de la graisse formaient le troisième plat.

Souvent aussi du café, prélevé sur la ration
du matin, et versé bouillant dans les quarts à
la ronde, clôturait dignement ce festin extra-
ordinaire, qui mettait tous les convives en joie.

C'est à pareille école que j'appris les éléments de l'art culinaire, en même temps que
le métier de soldat, sachant par un mélange
heureux allier l'utile à l'épique, et m'exposant
d'avance aux feux de la marmite, pour m'ha-
bituer à ceux de l'ennemi.

Je devins habile à construire le fourneau
du soldat en campagne. Trois pierres jux-
taposées avec un intervalle suffisant pour
déterminer un courant d'air, constituent tous
les frais de cet ingénieux et économique

appareil. Au dessus de ce foyer, la marmite
repose en équilibre, et la soupe cuit au petit
bonheur. Sous la haute direction de mon
ami X..., je remplissais les vulgaires fonctions
de marmiton, tantôt d'une main novice éplu-
chant les légumes, charriant des fagots, de l'eau,
récurant les gamelles, tantôt nouveau Vul-
cain, étendu à plat ventre, attisant avec le primitif soufflet, dont m'a doué la nature, le feu
de bois vert, prodigue de fumée, mais rebelle
à la flamme.

Le 7 octobre, je vaquais donc après le repas
du matin aux soins multiples qui rentraient
dans mes attributions de cuisinier hebdoma-
daire. Il était environ midi, heure que le répit
du service, à ce moment, permet parfois au
troupier de consacrer à la sieste, lorsqu'au
milieu du silence général éclate un coup de
canon, bientôt suivi d'un second, puis d'un
troisième. Peu à peu l'artillerie tout entière de
la place entre en branle.

D'un bond, je m'élance au sommet du rempart. Aussi loin que la vue s'étendait, le regard
n'apercevait que des soldats s'avancer en masses sombres et compactes. Le sol en était noir;
les casques de cuir bouilli et les baïonnettes
étincelaient au soleil. C'étaient les Allemands

qui commençaient l'investissement de la place par un imposant et intimidant déploiement de forces.

La générale sonne dans tous les coins de la ville, appelant la garnison à son poste de combat.

Pour la première fois, nous entendions cette voix du canon, majestueuse et terrible, étrange et pleine d'horreur, qui assourdit l'oreille novice, et émotionne nerveusement le conscrit. La terre tremblait sous les coups précipités. Le rempart disparaissait dans une auréole de feu et de fumée. Le bronze vibrait en ondes prolongées et plaintives. Les projectiles sifflaient d'une façon lugubre, tombaient en soulevant dans les champs des nuages de poussière, éclataient brusquement en une série de détonations sinistres, formant comme autant d'échos éloignés.

Heureusement pointées, les pièces envoyaient au milieu des masses ennemies des boulets semant le désordre et la mort. Du haut du rempart, on apercevait distinctement dans les champs ensoleillés les vides se former sous la chute de l'obus, les rangs s'éclaircir, les casques et les fusils sauter en l'air, puis au bout d'un instant d'ondulation, le noir troupeau se reformer et s'éloigner en bon ordre au pas gymnastique.

Ce spectacle, ce clair soleil d'octobre, le concert infernal des voix de bronze, l'atmosphère de feu, de fumée, l'odeur enivrante de la poudre, l'émotion de la lutte imminente, tout cela est resté gravé dans ma mémoire.

A deux heures, un parlementaire fut amené à la porte de Colmar, les yeux bandés. Il venait sommer la ville de se rendre. Le commandant refusa de l'écouter et ordonna de le reconduire aux avant-postes.

Les Allemands qui avaient éprouvé la justesse de notre tir, peu soucieux de demeurer exposés à ses effets meurtriers, s'étaient éclipsés prudemment. Ils se réfugièrent dans les villages environnants, encore occupés par leurs habitants, ce qui empêcha notre artillerie de continuer son feu. Elle ne se borna plus qu'à envoyer des projectiles sur les postes avancés, quand ils se montraient à bonne portée.

Cette retraite n'était que momentanée. Elle voilait des projets de représailles dont l'exécution ne se fit pas attendre.

Le soir de ce même jour, j'étais couché sur la planche, à côté de mon ami X.. Tout en devisant des événements de la journée, nous nous disposions à passer une nuit paisible. La chambrée presque vide ne contenait que les malades ou les dispensés de service comme nous par la corvée de cuisine.

Car notre compagnie avait pris le piquet à midi. Il était d'usage que chaque bataillon fournit à tour de rôle, un contingent déterminé prêt à marcher au premier signal, en cas d'alerte. Les compagnies dites de piquet couchaient dans l'église, dont les bancs d'œuvre servaient de lit de camp. Dès le petit jour, elle était rendue au culte, et les fidèles assistaient aux messes matinales entre les faisceaux d'armes symétriquement alignés sous les voûtes. Pendant ce temps, les hommes dont les cris, les jeux et les jurons formaient un étrange accompagnement à la prière du prêtre officiant, bivouaquaient sur la place, devant les portes ouvertes.

Roulé dans ma couverture, jouissant d'avance de la perspective d'une nuit pleine, qui ne serait point troublée par les heures froides et tristes d'une faction sur le rempart, dans l'herbe humide de rosée, je sentais mes paupières s'alourdir sous la venue du sommeil. Tout-à-coup retentit de nouveau la voix du canon, plus furieuse et enragée que le matin. Que se passait-il donc ? Sans doute la vigilance de nos artilleurs prenait prétexte de l'ennemi vu dans la journée, pour lui souhaiter un bonsoir de leur façon, et le prévenir qu'ils se tenaient sur leurs gardes. Mais l'illusion fut de courte durée. La place surprise était muette. Les Allemands furieux de l'aubade de la matinée nous régalaient d'une sérénade sur le même ton. Une grêle de projectiles, drus et serrés, traversait le toit de notre grenier, faisant pleuvoir des amas de tuiles sur nos têtes. Par les trous béants de la toiture, apparaissaient de larges coins de ciel, parsemés d'étoiles pâles. En un clin d'œil, toute la chambrée fut debout. Les plus malades retrouvèrent leurs jambes. Nous n'emportâmes que nos fusils et nos cartouches.

Et alors, avec mon ami X..., commença, dans l'obscurité, une promenade, dont le souvenir ne s'effacera jamais de ma mémoire.

Nous cherchions à rejoindre notre compagnie. Rampant le long des murs, couverts de plâtras et de débris, assourdis par le bruit, étourdis par le sifflement des éclats, éblouis par la lueur aveuglante d'un obus qui éclatait en ébranlant le sol, perdus dans des nuages de

fumée et de poussière, nous atteignîmes l'église.
Elle était vide.

Dans le lieu saint, les projectiles faisaient
rage, brisant les vitraux, les bancs, les chaises,
déchiquetant la toiture, renversant les statues.
A la lueur d'un éclatement, on entrevoyait,
pendant une seconde, le Christ en bois de
l'autel, contemplant impassible cette scène de
désolation.

Nous reprîmes notre course périlleuse, dé-
sespérant de rejoindre nos camarades. En
route, nous croisâmes une compagnie de Mobiles de notre bataillon, mais qui n'était pas la
nôtre. De guerre lasse, nous prîmes place au
dernier rang, estimant que là comme ailleurs
nous accomplirions notre devoir. Quoique
exempts de service nous ne voulions pas, X...
et moi, nous soustraire à des dangers non par-
tagés avec nos amis. Cette compagnie attendait
l'arme aux pieds, prête à marcher, des ordres
qui ne vinrent pas. Immobiles, appuyés sur
nos fusils, nous restâmes sous le feu tant que
dura le bombardement. Bientôt, on emporte
un blessé. Tous silencieux, résignés, nous attendions la mort qui semblait inévitable.

Pendant cette longue station, j'eus le loisir
de contempler l'imposant spectacle d'un bom-

bardement nocturne, surprenant une ville sur le point de s'endormir.

Les batteries allemandes vomissaient leur mitraille à pleine gueule. Les détonations, les salves se succédaient sans interruption. Une pluie dense de projectiles tombaient en sifflant sur un ton strident, qui provoquait la chair de poule. L'air geignait, empli des rugissements et des miaulements du fer. Le ciel se zébrait de lueurs rougeâtres. Par échappées, dans les coins redevenus sombres un instant, on distinguait le scintillement des étoiles.

En bas, la fournaise avec ses éclatements, tantôt sourds, répétés, puis aigus, sinistres prolongés, ses écroulements, ses crépitements de fonte en fusion, ses bouquets d'étincelles, ses foyers ardents, sa fumée noire, suffocante. L'incendie gagnait un terrain impossible à lui disputer; déjà il était maître d'un quart de la ville. Les maisons s'allumaient une à une sous la chute incessante des obus et des bombes. Tout croulait, tout s'effondrait. Le manège, rempli de fourrages, flambait. Les flammes s'élevaient droites vers le ciel, formant un gigantesque panache de feu qui dominait l'immense brasier.

A travers les rues, des hommes, des femmes,

des enfants, demi-nus, surpris dans le premier sommeil, couraient éperdus, affolés de terreur, poussant des cris de détresse. Ils allaient aveuglés par la fumée, tantôt reculant terrifiés par le sifflement des éclats, éblouis par la chute d'un obus à leurs pieds, tantôt avançant dans une course folle sous la bombe qui éclatait en gerbes rouges sur leurs têtes. Ils se détournaient pour jeter encore un dernier regard sur leur demeure incendiée, en cherchant à l'aventure un abri qui mît au moins leur vie en sûreté.

Des chevaux, des bœufs cernés dans leurs écuries, expiraient consumés, en poussant d'atroces gémissements d'angoisse et d'agonie.

Tout à coup, un grand silence régna, succédant, solennel, inquiétant, au bruit assourdissant. La canonnade avait cessé.

Les Mobiles venaient de recevoir le baptème du feu.

Aussitôt on essaya d'arrêter les progrès de l'incendie que sa violence et les projectiles n'avaient pas permis de circonscrire, on aida aux habitants à déménager. Des chaînes furent organisées, que l'insuffisance des moyens d'extinction rendit inefficaces. Au jour, X.. et moi, nous retrouvions notre compagnie installée dans une casemate.

Le bombardement avait duré près de deux heures. Les officiers d'artillerie évaluèrent à 1,200 environ, le nombre des projectiles de toutes sortes tombés sur la ville.

Des batteries volantes installées par l'ennemi non loin des remparts, à la faveur de la nuit, lui avaient permis de lancer presque impunément une aussi prodigieuse quantité de fer. Notre artillerie essaya bien de riposter, mais elle ne pouvait pointer qu'au hasard sur la lumière des canons allemands sans être à même d'apprécier la distance, qui variait après chaque salve. Car, dès qu'une batterie avait fait feu de toutes ses pièces, elle se déplaçait rapidement, tantôt s'éloignant, tantôt se rapprochant des murs.

Les obus se croisaient au-dessus de la ville, et parfois dépassaient leur but.

Le lendemain, un parlementaire vint renouveler les sommations de la veille. L'ennemi espérait que ce court mais violent bombardement suffirait à modifier les idées de résistance. Il n'en fut rien. Et, en face des énergiques refus opposés, il se décida à commencer le siège régulier d'une place dont il avait escompté la reddition sans délai.

A partir de ce jour, la défense de Neuf-Brisach fut répartie entre les quatre bataillons de la garnison de la manière suivante :

Le 74ᵉ de ligne défendait la porte de Colmar et le front suivant à droite.

Au bataillon du Rhône échut la garde de la porte de Belfort et du front suivant à droite.

Les 2ᵉ et 3ᵉ bataillons du Haut-Rhin furent chargés de celle des portes de Strasbourg et Bâle, ainsi que des fronts correspondants.

Dans l'intérieur de chacune des portes, campait jour et nuit la compagnie *de piquet* du bataillon à qui incombait sa protection.

Des grand'gardes furent établies au moulin de la porte de Colmar, sur le canal de Vauban, à la machine hydraulique, au pont du canal du Rhône au Rhin.

A la suite de ce premier bombardement, une partie des habitants abandonnant ses demeures se réfugia dans les caves voûtées, qui présentaient un garantie de solidité suffisante pour résister à l'écroulement des étages supérieurs, provoqué par le choc des projectiles ou l'incendie. Ceux dont les maisons ne possédaient pas de caves sur voûtes, furent empilés dans des tours et casemates creusées sous le rempart du corps de place, et protégés par une puissante maçonnerie, revêtue d'une épaisse couche de terre Une porte s'ouvrant du côté de la ville, et un étroit soupirail fortement barreaudé du côté du fossé, distribuaient un jour et un air parcimonieux à ces réduits souterrains, dans lesquels les entassements humains accumulaient des émanations fétides. Au bout d'un court séjour, les odorats les plus endurcis ne passaient pas indifférents devant ces trous noirs, dont l'odeur caractéristique révélait la présence d'une casemate. Nous restâmes plus d'un mois enfouis dans ces terriers.

Deux compagnies logeaient dans le même local. Un escalier conduisait dans le sous-sol qui servait de gîte à l'une d'elles. L'autre était établie sur un plancher jeté à mi-hauteur de la voûte. C'est sur ce plancher trop étroit pour la contenir tout entière que s'entassa tant bien que mal ma compagnie. Le peu d'élévation du souterrain obligeait les hommes à ramper pour regagner leur place, en enjambant le corps de leurs camarades. Malgré les précautions prises en posant le pied, ce n'était jamais sans provoquer les cris et les injures des écrasés. Chaque entrée ou sortie soulevait des clameurs pareilles à celles que poussent les bêtes fauves troublées dans leur repos. Quant

à s'étendre pour dormir, il n'y fallait pas songer. On « roupillait » suivant la pittoresque
expression du troupier « en chien de fusil »
c'est-à-dire les genoux rassemblés sous
le menton. En dépit des portes toujours
ouvertes, l'atmosphère était viciée par les
exhalations humaines et parfois la chaleur intolérable. Certains de nous préféraient encore
coucher dehors, dans le voisinage, sous un
abri quelconque. Si le service de la place
n'eût pas exigé trente à quarante pour cent des
hommes jour et nuit sur le rempart, il eût
été impossible à la compagnie au complet de
s'entasser dans ce réduit.

Le lendemain, 8 octobre, après quelques
heures de repos, je m'éveillai sous la voûte
sombre. L'exercice n'eut pas lieu ce matin-
là ! Chacun se mit à parcourir la ville en exa-
minant les dégâts causés par le bombardement.
Le quartier de la porte de Strasbourg avait été
le plus éprouvé ; quelques rares maisons restaient intactes.

L'incendie couvait encore sous la cendre ;
des pans de murs demeurés debout flambaient
au moindre coup de vent. En pénétrant dans
l'amas des ruines, on sentait au visage comme
une chaleur de four. Les semelles des chaus-

sures se fendillaient au contact des tisons qui se consumaient à petit feu sur le sol. Une âcre odeur de roussi montait à la gorge. Parfois un projectile, qui n'avait pas fait explosion lors de sa chute, éclatait, subitement, chauffé sous les décombres, en une sourde détonation soulevant des nuages de poussière, abattant des bois enflammés. De pauvres gens, sales, noirs, dont le visage portait la trace des angoisses de la veille, disputaient à l'incendie des lambeaux de mobilier, épargné par le feu. Fouillant dans les amoncellements ils arrachaient une table, une chaise, un bois de lit à demi consumés. D'autres, mornes, désespérés, regardaient d'un œil sec brûler lentement ces murs qui avaient abrité leur naissance. Des femmes pleuraient à chaudes larmes. Des enfants sanglotaient stupides, le regard vague, conservant la vision des horreurs de la nuit.

La matinée s'avançait. Nos estomacs creusés par les émotions et la fatigue, réclamaient impérieusement une nourriture, qui menaçait de devenir problématique. Inutile de songer à la soupe quotidienne, même avec une prompte distribution de vivres, éventualité peu probable au

milieu du désarroi général. Car, les marmites
et les gamelles abandonnées dans nos anciens
quartiers, sous les toits, avaient été ou endommagées par le feu de l'ennemi, ou cueillies par
des mains qui ne laissent jamais rien traîner
dans les moments de panique. Reconstituer ce
matériel de cuisine, détruit, égaré ou volé,
n'était assurément pas l'œuvre d'une heure. Se
procurer des vivres contre or ou argent, au
lendemain d'un bombardement dans une ville
incendiée et assiégée, c'était là pure chimère.
Notre faim carnassière réclamait pourtant
une proie quelconque.

Assis sur l'herbe du rempart, nous dévo-
rions, mélancoliques, du pain sec arrosé d'eau
claire, et assaisonné de quolibets un peu
forcés. Devant nous, une maison incendiée. Les
quatre murs seuls debout, conservaient, fichés
sur une des facades, les crochets auxquels un
boucher suspendait des veaux et des bœufs
entiers, dont les entrailles, la veille encore, san-
guinolaient au soleil. Amère dérision du sort
qui semblait prendre plaisir à narguer notre
frugalité d'anachorètes, en offrant à notre
imagination le souvenir de pareille débauche de
victuailles ! Tout-à-coup, du milieu des décombres, émerge un groupe chargé de viande rose

et saignante. Se précipiter à cette vue fut l'œuvre d'un instant. Des bœufs, prisonniers dans leur écurie, gisaient rôtis par les flammes de l'incendie. Leurs cadavres enfouis sous un amoncellement de débris avaient cuit lentement à petit feu, comme des pommes de terre sous la cendre chaude. Le cuir enlevé, la chair s'étalait appétissante et rosée ; il n'y avait plus qu'à prendre la peine de choisir le morceau Les couteaux, les baïonnettes taillaient à discrétion dans les blocs déjà éventrés. Nous fîmes ample provision. Jamais n'avons-nous savouré beefsteacks aussi onctueux ! Molle et tendre, cuite à point, la chair fondait sous la dent. Il serait peut-être oiseux de préconiser ce mode original de cuisson, dont la pratique n'est pas à la portée de tout le monde, mais rarement repas plus inespéré et plus délicieux ne fut assaisonné d'autant de gaîté folle. Une fois de plus « le Dieu qui donne aux petits des oiseaux la pâture » jouait son rôle providentiel et « sa bonté tutélaire » procurait au soldat un festin cuit à un feu allumé par les obus qui lui étaient destinés.

La nouvelle de cette trouvaille se répandit rapidement parmi les Mobiles affamés. Chacun d'accourir ; ce fut une sorte « d'hallali par

terre ». On entrait les mains vides ; on sortait chargé de gigots, de filets, de longes, de côtelettes. Pendant notre joyeux repas, c'était plaisir de contempler le défilé comique et les mines triomphantes.

Le soir nous voulûmes renouveler la provision. Peine perdue ! Le filon était épuisé. Les carcasses de six bêtes gisaient encore, mais vides et proprement nettoyées. Des chiens errants, qui nous accueillirent en montrant les dents, achevaient la curée.

Pauvres bœufs ! Les Mobiles étaient loin de penser la veille au soir, qu'ils cuisaient pour apaiser leur faim, en entendant leurs mugissements d'angoisses, leurs râles d'atroce agonie, s'élever déchirants en appels désespérés du milieu des flammes, et percer de notes aiguës le roulement du canon !

Le temps, qui jusqu'alors s'était maintenu exceptionnellement beau, changea brusquement. On eût dit que l'atmosphère avait été ébranlée par les effroyables décharges de la nuit précédente, que la sérénité du ciel se fût émue des détonations répétées.

Il était midi maintenant. Le vent soufflait en rafales glaciales mêlées de pluie. De tous côtés retentissait la générale. Ses sons lugubres, monotones, à intervalles espacés, que des bouffées d'air apportaient tantôt pleins et sonores, tantôt sourds et voilés, résonnaient à l'oreille, comme une sorte de glas funèbre, envahissant l'âme d'une mélancolie indicible. Le ciel, bas et terne, étendait un immense linceul sur les ruines fumantes. Involontairement on se sentait frémir. Grelottants sous la bise noire, sous la pluie, en proie aux influences d'une nuit de fièvre, serrés les uns contre les autres, nous étions à notre poste, au piquet sur la place d'armes, attendant l'heure de la parade, qui devait mettre fin à ce service de vingt-quatre heures.

La plaine s'étendait morne et silencieuse, cachant l'ennemi dans l'éloignement. Rien ne bougeait. De temps à autre, le canon de la place grondait. Dans le lointain on apercevait alors une petite masse noire, qui semblait se mouvoir lentement. C'était un avant-poste allemand, signalé par les vigies, qui, délogé se repliait, cherchant un abri moins en vue, sous les ombrages protecteurs de la forêt.

La journée s'écoula pourtant sans nouvelle alerte. A la tombée de la nuit chacun s'attendait à un second bombardement, mais l'ennemi, contre l'attente générale, ne donna pas signe de vie.

Le lendemain, 9 octobre, se trouvait un dimanche. Je pris la garde au poste de police sur la place d'armes. Un triste drame devait ensanglanter cette journée et la marquer d'un meurtre.

Le commandant en chef avait autorisé les habitants à se servir des hommes de la garnison, dans leurs travaux de déménagement, moyennant une légère rétribution fixée à l'avance. Sous la menace des peines les plus sévères, il était rigoureusement défendu de donner à boire aux soldats employés. Cette mesure prudente ne fut pas observée sans doute par un nommé Vénus (ce nom étrange est demeuré gravé dans ma mémoire). Un soldat du 74e de ligne avait aidé ce malheureux à déménager sa cave incendiée. La tentation fut-elle trop forte, l'occasion trop favorable, toujours est-il, que le troupier qui avait été payé après son travail accompli, pénétra à nouveau, poussé déjà sans doute par le démon du vin, dans le cellier où il fut trouvé par le propriétaire, la bouche collée au robinet d'un tonneau. Une altercation s'éleva. La brute, déjà en proie à une ivresse furieuse, détache son chassepot passé en bandoulière et tire à bout portant sur son interlocuteur qui tombe raide mort. Je vis transporter le corps de l'infortuné sur une voiture à bras escortée de sa veuve et de quatre enfants en bas âge, qui poussaient des cris déchirants. Le meurtrier, amené au poste de police, fut jeté dans l'infect réduit qui servait de prison provisoire aux malfaiteurs et aux vagabonds. Il dormit jusqu'au lendemain matin d'un lourd sommeil et dans une absolue inconscience de son crime. Curieux de connaître les sentiments d'un homme qui avait encore les mains teintes du sang de son semblable, je le fis causer à son réveil. Il ne me parut pas doué d'instincts pervers. Après un congé dans l'armée, il avait été rappelé presque au début de la guerre, dans la catégorie des anciens soldats. L'ivresse seule, qui ne saurait jamais être une excuse, avait conduit son bras homicide. A peine lui restait-il un souvenir vague de ce qui s'était passé et la faculté de s'en remémorer les détails. Comme tous les malheureux qui n'ont plus rien à espérer, il se raccrochait à l'espoir que le conseil de guerre, prenant en considération ses bons antécédents, lui ferait grâce de la vie. Son cas était clair, mais je n'eus pas le courage de le détromper.

Le lendemain, 10 octobre, sous les yeux de la garde montante, il fut passé par les armes dans les fossés. Je n'éprouvai nulle envie d'assister à cette exécution. Une détonation entendue dans le lointain, un nuage de fumée entrevu au-dessus du rempart, m'apprirent seulement que la justice des hommes avait accompli son œuvre, en punissant de mort celui qui l'avait donnée.

Les bruits les plus étranges circulent dans la garnison, grossis, dénaturés, en passant par des milliers de bouches. Rien de triste et de démoralisant comme l'absence de nouvelles positives dans laquelle on nous laisse. Est-ce parti-pris ou négligence? Nous sommes bloqués, investis, il est vrai, mais les lignes ennemies sont cependant traversées par des émissaires apportant les échos du théâtre de la guerre au commandant de la place, qui se montre décidément peu communicatif. Aucun ordre du jour, aucune proclamation, aucune de ces bonnes paroles, coûtant si peu à celui qui les prononce, et pourtant aussi indispensables aux masses que la chaleur à la terre. Rien pour réchauffer les enthousiasmes refroidis, ranimer les courages défaillants, stimuler les bonnes volontés et remercier les dévouements. Pas un mot d'espoir à laisser tomber comme une manne bienfaisante sur ces

Mobiles, tous des enfants arrachés à leur foyer, accourus pour défendre un petit coin de l'Alsace perdue et abandonnée, et qui luttent et souffrent résignés. Ah ! si ceux qui ont charge d'âmes soupçonnaient les merveilles qu'enfantent une parole bienveillante, un mot émané du cœur, un appel au sacrifice, surgissant aux heures sombres. Mais non rien, toujours rien ! Aucune communication de nature à établir un lien quelconque entre la tête et le bras. Et il en sera ainsi pendant tout le siège. Plus tard seulement, quand nous serons rentrés en France, les récits émus de nos camarades, la lecture passionnante des ordres du jour de Belfort, nous révèleront comment un chef suprême, grand cœur et grand patriote sait, au moyen de syllabes magiques, communiquer son énergie et son amour de la patrie à ses subordonnés et transformer des conscrits en héros. Et nous, compatriotes de ces héros, nous enfants de la même ville, nous pétris de la même chair et du même sang, nous comprendrons alors pourquoi leur destinée fut glorieuse et la nôtre obscure.

Mieux vaut pourtant la vérité, si terrible qu'elle soit, que ce doute poignant, que cette incertitude pleine d'angoisses patriotiques !

L'imagination malade forge des espoirs chimériques, que la réalité vient brutalement anéantir et rendre plus décevants. Le canon gronde dans la direction de Colmar. Aussitôt les esprits surexcités travaillent, les cerveaux entrent en ébullition. C'est le général Cambriels à la tête d'une armée, qui débouche des Vosges, culbute les Allemands, et nous débloque. Réunis à ses troupes, nous reprenons Strasbourg, **et** nous voilà en route pour la victoire. Pauvres rêves issus de notre ignorance absolue des évènements, et aussi vite évanouis qu'éclos ! Un cercle de fer et de feu enserre Neuf-Brisach. C'est là que nous succomberons Nos heures sont comptées. Et la France impuissante apprendra, la rage dans le cœur, qu'une de ses places fortes vient encore de tomber entre les mains de ses envahisseurs !

Les travaux de défense relatifs à l'artillerie furent poussés avec vigueur. Sous l'impulsion énergique du commandant Marsal, les pièces sortaient de l'arsenal, montaient sur le rempart et prenaient position. Le génie construisait des épaulements, des abris, des refuges, des plates-formes, des blindages pour protéger les servants. Toutes les ressources susceptibles d'être tirées d'un matériel ancien et défectueux furent intelligemment utilisées. L'activité déployée dans cette partie du service contrastait avec la mollesse et l'indifférence apportées dans les autres parties de la défense. Les choses suivaient leur cours habituel. A part les postes doublés, les portes toujours fermées, le séjour dans les casemates, rien n'eût laissé supposer que l'ennemi campât sous nos murs. Ce ne fut que plus tard, au milieu d'un bombardement qui ne s'arrêta que le jour de la capitulation, qu'on songea à prendre des précautions et à organiser des travaux rendus urgents par les circonstances, et pour lesquels le temps n'avait cependant pas manqué. Des maniements d'armes, des manœuvres stériles, consumèrent sans profit appréciable des heures précieuses.

Le 11 octobre, la première compagnie du bataillon du Rhône accomplit une reconnaissance à la maison hydraulique. Nos camarades tinrent ferme sous les balles ennemies. Ils rentrèrent sans laisser un seul des leurs sur le terrain.

Des effets pris au magasin d'habillement du 74ᵉ de ligne furent distribués à ceux des hommes incomplètement équipés au début de la campagne, ainsi qu'à ceux dont les vêtements de mauvaise qualité étaient déjà en lambeaux. Je reçus à cette occasion un uniforme complet portant le numéro de ce régiment, que j'ai conservé comme une relique.

Le 14 octobre, au soir, ma compagnie, qui avait pris le piquet dans la journée et se trouvait par suite concentrée à la porte de Belfort, fût avertie de se tenir prête dans la nuit, pour une sortie qui aurait lieu le lendemain avant le jour.

Chacun s'étendit tant bien que mal dans la poussière fine et ténue qui tapissait le sol de l'antique porte, et s'abandonna, en attendant un sommeil récalcitrant, au cours de ses pensées rendues sérieuses par la perspective d'un engagement imminent.

Il était environ trois heures du matin quand commencèrent les préparatifs de départ. Faire jouer les batteries des fusils, vérifier les cartouches, renfermer le bas du pantalon dans la guêtre pour faciliter la marche, telles furent les principales dispositions prises en vue du combat.

Bientôt la compagnie se masse devant la façade de la porte de Belfort.

Le capitaine procède à l'appel. Cette formalité banale revêt en ce moment un caractère de cérémonie mortuaire. Au retour combien serons-nous ? Les « présent » articulés sur des tonalités graves, parcourent les files mornes. Quand le dernier homme du dernier rang a répondu son « présent » resté sans écho, un silence écrasant succède au bruit des voix brusquement coupées.

L'arme à volonté, muets, frissonnants sous les dernières brises de la nuit, les Mobiles attendent maintenant l'ordre du départ. Les officiers, songeurs, se promènent de long en large. Un cheval s'ébroue bruyamment dans une écurie voisine. De longues files silencieuses s'acheminent dans l'ombre vers la porte de Colmar, dont les poternes se referment l'une après l'autre en grinçant sur leurs gonds, puis tout retombe dans le calme. Une heure se passe. Les pieds impatients ne tiennent plus en place. Quand donc viendra notre tour ?

Quelques coups de fusil isolés éclatent dans le lointain, signal d'alarme lancé par les grand'gardes ennemies en se repliant. Bientôt, ils deviennent plus nombreux, plus répétés. Une fusillade générale s'engage. Alors, des profondeurs de la plaine obscure, monte son roulement continu, renforcé par instants de la note plus accentuée des feux de peloton, qui éclatent drus, serrés.

Toujours l'arme au pied, nous attendons frémissants le moment d'échapper à cette pénible inaction.

Devant nous, passe le lugubre défilé des blessés, rapportés du champ de bataille.

Le jour pointe indécis. Un épais brouillard s'élève. A peine apercevons-nous les artilleurs du corps de place, appuyés contre leurs pièces muettes, et s'efforçant de percer du regard le voile impénétrable, qui leur dérobe l'horizon empli des bruits de la bataille.

Jamais je n'avais encore traversé dans ma vie des heures plus pénibles que celles passées à saluer, immobile, les balles mortes, qui venaient mourir inoffensives à nos pieds. Jamais je n'avais encore connu d'aussi poignantes angoisses que pendant cette longue attente. Ces brouillards denses, ne permettant pas de voir la scène du combat, dont l'écho sinistre arrivait seul à l'oreille, l'heure matinale, humide et glaciale, un désir désordonné de mouvement, surexcité davantage par l'immobilité imposée, la proximité du péril, le roulement troublant de la fusillade, le miaulement particulier des balles, entendu pour la première fois, provoquaient dans les rangs les ardeurs intenses d'une fièvre spéciale qui a un nom : « la fièvre du conscrit ». Les pouls battaient secs, saccadés. Les tempes étaient soulevées par des pulsations violentes. Des bourdonnements emplissaient les oreilles. Et par dessus tout, un besoin impérieux, insurmontable, de dormir, plongeait l'être entier dans un état voisin du somnambulisme.

Je me vois contraint d'emprunter une comparaison triviale, mais très exacte pour donner une idée approximative du douloureux effet physiologique causé par la fusillade.

Ce bruit se rapproche de celui qui serait engendré par un colossal moulin à café, de proportions telles que l'imagination seule, serait capable de les concevoir. La manivelle, tournée par une main puissante, mettrait en mouvement la roue dentelée, dans laquelle le grain de café est concassé. La rotation rapide produirait un roulement lent et ininterrompu, accéléré ou ralenti parfois, suivant qu'un grain plus dur exigerait un effort plus énergique pour vaincre la résistance opposée. Telle la fusillade avec ses grondements à jets continus, ses à-coups violents, ses feux de pelotons, qui éclatent par instant avec colère, se succèdent

sans interruption, puis se taisent pour reprendre
aussitôt plus bruyants. De même que l'arôme
capiteux, exhalé par le café qui brûle, porte à
la tête, de même cette cascade perpétuelle de
sonorités ronflantes, imprègne l'atmosphère
ambiante d'un fluide nerveux qui distille une
irrépressible propension au sommeil.

Sous l'influence de ces effluves magnétiques
et des vapeurs opiacées de la poudre, l'orga-
nisme s'engourdit dans une demi-somnolence
favorisée par l'immobilité.

Tous en proie au même malaise, nous récla-
mions l'action, qui nous aurait soustrait à cette
douloureuse léthargie. Dans ces conditions, le
combat avec son animation, ses incertitudes
et ses chances, tournait presque en partie de
plaisir. Le besoin d'agir, de se dégager d'une
pétrification lentement envahissante, de ramener par la marche la circulation du sang,
de rétablir par un mouvement quelconque
l'équilibre physique et moral, dégénérait en
obsession.

Le signal si longtemps attendu vint enfin mettre un terme à notre intolérable
supplice. La compagnie, comme mue d'une
impulsion électrique, s'ébranla ainsi qu'un
ressort comprimé qui se détend subitement.

Les bruits du combat avaient cessé. Nous traversâmes les portes de Colmar au pas de course. Bientôt nous rencontrons un premier détachement qui rallie la place, la lutte ayant été interrompue par le brouillard intense qui ne permet plus de distinguer amis et ennemis. En notre qualité de compagnie de piquet, ce jour-là, notre rôle s'était borné à celui de troupe de soutien, destinée à protéger la retraite en cas de besoin, rôle que le brouillard accomplit à merveille sans notre collaboration.

Formant la haie en dehors de la porte de Colmar, ma compagnie assiste au défilé des troupes engagées.

L'action a été chaude. Les visages portent les traces de l'animation de la lutte. Quatorze prisonniers allemands, les cheveux et la barbe démesurément longs, marchent la tête basse, l'œil craintif entre les files joyeuses de leur capture. Leurs épaisses capotes de drap noir, leurs fortes bottes, leurs gants d'ordonnance contrastent avec les minces vareuses et le lamentable équipement des Mobiles. Au bout des baïonnettes se balancent des casques, des schakos, des marmites prussiennes, des trophées de tous genres ramassés sur le champ de bataille. Le souvenir de ceux qui sont tombés n'attriste déjà plus les esprits, prompts à suivre un autre cours. Les prisonniers sont conduits en triomphe à l'hôpital civil qui leur est assigné comme prison. Dans chacune des gamelles accrochées à leur sac, se prélasse un poulet plumé, tout prêt pour la broche, dont les vainqueurs se régalent.

Décidément l'ordinaire ennemi est plus soigné que le nôtre, et cette race de pillards fait bombance aux dépens de nos malheureux paysans.

Le but de la sortie était de tenter un coup de main sur les villages de Weckolseim et de Wolfgantzen pour reconnaître l'état des forces allemandes.

La Mobile du Rhône devait attaquer Wolfgantzen, le 74e de ligne et une partie de la Mobile du Haut-Rhin, Weckolseim.

Pendant ce temps, les travailleurs du génie, protégés par une troisième colonne, avaient pour mission de détruire la maison éclusière du canal du Rhône au Rhin, qui servait de refuge toutes les nuits à un avant-poste.

La Mobile du Rhône réussit à s'emparer de Wolfgantzen qu'elle occupa une demi-heure, surprenant les Allemands endormis, mais elle fut obligée de l'abandonner devant les renforts qui arrivaient en menaçant de l'envelopper.

De leur côté, le 74e de ligne et la Mobile du Haut-Rhin pénétraient dans Weckolseim, qu'ils étaient contraints également d'évacuer, en présence de forces supérieures.

Puis le brouillard survenait ne permettant plus de discerner amis ou adversaires. Pour éviter des confusions dangereuses et des méprises probables, ordre fut donné de battre en retraite.

Je n'ai jamais su le chiffre exact des pertes éprouvées des deux parts dans cette rencontre. La rumeur publique évaluait à 200 pour les Allemands, à 50 pour nous, les hommes mis hors de combat. Le commandant de notre bataillon eut son clairon tué à ses côtés. L'ambulance et une partie de nos blessés furent seuls faits prisonniers.

Tout le monde avait accompli correctement son devoir, et beaucoup mieux qu'il n'était permis de l'espérer. Car les troupes engagées, à part le 74° de ligne, comptaient à peine deux mois de service. Elles voyaient le feu pour la première fois. Il convient au surplus d'ajouter et ce n'est pas là une des moindres anomalies de ces temps invraisemblables, que les

Mobiles (j'affirme le fait pour le bataillon du Rhône) brûlèrent leur première cartouche ce jour-là. Si j'excepte les quelques chasseurs qui se trouvaient parmi nous, aucun des nôtres n'avait encore manié un fusil. Jamais auparavant, la pratique du tir même à blanc ne nous avait été enseignée. Aucun apprentissage préalable ne nous mit en état d'user utilement de nos armes. Les champs de bataille furent nos seules écoles de tir, l'ennemi notre unique cible.

L'assiègeant, à la suite de ce coup de main, ne se sentant pas en sûreté, évacua les villages trop rapprochés de Neuf-Brisach. Il ne perdait pourtant pas son temps. Dérangé pendant le jour par le feu de nos pièces, il accomplissait à la faveur de la nuit, les travaux de terrassement, qui devaient précéder l'installation de ses batteries de siège.

Le 19 octobre, nouvelle sortie effectuée par le 74ᵉ de ligne, du côté de Wolfgantzen et de Widenzohlen, pour reconnaître le degré d'avancement de ces travaux. Le petit détachement du 4ᵉ chasseurs remplissait les fonctions d'éclaireur.

Malgré les années, je revois avec une fraîcheur d'impressions très nettes tous les dé-

tails de ce tableau, encadré dans un merveilleux paysage d'arrière-saison.

Ainsi qu'un dilettante installé sur son fau-
teuil d'orchestre, j'étais assis dans une embra-
sure du rempart. Mes jambes pendaient au dessus de l'eau des fossés, qui miroitait tout en bas.
En attendant l'ouverture du spectacle, je pre-
nais plaisir à contempler les décors du drame
qui se préparait Libre de service à cette heure
là, j'assistais à la fête en simple amateur.

L'animation était grande sur le front de la
porte de Belfort. Un bourdonnement d'abeilles
inquiétées dans leur ruche parcourait les glacis et les talus. Des poternes, des tenailles des
demi-lunes, des bastions, surgissaient des Mobiles, fusil à la main. Dans les contre-gardes,
les artilleurs chargeaient les pièces. Autour
des chemins couverts se déployaient des files
de tirailleurs.

Il était environ cinq heures du soir. Le paysage s'éclairait, magnifique de mélancolie, sous
les lueurs pâles d'une journée d'automne à son
déclin. Le canal s'endormait au soleil. Sa
longue ligne droite et lumineuse se perdait au
loin, sous les grands peupliers de ses berges.
Les champs, nus, désolés, qui n'étaient plus
labourés que par les obus, s'étendaient

déserts, jusqu'aux maisons du village de Wolfgantzen.

Au deuxième plan, l'imposante forêt du Kastenwald, recélant l'ennemi sous ses mystérieux asiles, déroulait sa ceinture de noires frondaisons. Des arbres, aux feuilles déjà jaunies ou rougissantes sous les premières morsures de la bise d'octobre, marbraient de taches plus claires sa masse sombre. Derrière la forêt, aux confins extrêmes de l'horizon, les monts vosgiens, à peine visibles, à travers une gaze de brumes bleues.

Un formidable coup d'une pièce de 24, tout près de moi, m'arracha brusquement à ma contemplation. Mes rêves s'envolèrent à tire d'ailes au bruit de ce signal annonçant le lever du rideau.

Le drame commençait : déjà les acteurs étaient entrés en scène.

Les chasseurs à cheval éclairaient la marche des soldats du 74e de ligne déployés en tirailleurs. Ils se trouvent en face d'un escadron de hulans débouchant du Kastenwald. Une décharge de chassepots met en fuite les lances aux banderolles blanches et noires, qui disparaissent. Nos chasseurs s'élancent à la charge, mais tournent court aussitôt

devant une batterie allemande qui envoie
ses obus au delà du but. Du fond de la plaine,
ils accourent au galop, soulevant des nuages
de poussière sur leur passage à travers les cultures, puis viennent se masser en bataille, prêts
à repartir, sous les murs de la place. Spectacle
splendide que celui de tous ces chevaux animés
par la course, impatients, inquiets des détonations répétées. Etroitement serrés les uns
contre les autres, ils secouent leurs fines enco-
lures, mâchant le mors, projetant des flocons
d'écume. Quand l'obus éclate près d'eux, tous
enlevés sur les jarrets, ils agitent droits dans le
vide, leurs membres antérieurs. Puis main-
tenus par la main énergique de leurs cavaliers, ils reprennent terre pour la quitter de
nouveau à chaque projectile trop indiscret.
Parfois un homme démonté roule sur le sol. Le
cheval libre alors prend du champ dans une
course folle, les étriers au flanc, puis s'arrête
soudain, les naseaux frémissants, et revient à
toute vitesse rejoindre dans le rang ses compagnons d'écurie. Le cavalier désarçonné s'approche et se remet en selle non sans peine.

Notre artillerie a réduit au silence la
batterie allemande, qui disparaît au galop de
ses attelages sous les massifs de la forêt. Le

74° de ligne, sa reconnaissance accomplie, rentre escorté des chasseurs, fièrement campés sur leurs nobles bêtes, émues, toutes blanches de sueur.

La garnison entière, attirée par le bruit du canon, s'était juchée sur les remparts où elle formait de pittoresques entassements. Si l'ennemi se fut avisé de diriger ses coups sur cet amas de têtes, combien d'entre nous auraient expié leur imprudente mais excusable curiosité.

Le 23 octobre, une canonnade retentit à une distance rapprochée. C'est le bombardement de Schlestadt qui commence. Il continue sans interruption jusqu'au 25, au matin. La ville avait capitulé après cette courte résistance.

Notre tour approchait.

Les forces allemandes devenues disponibles par cette reddition vinrent renforcer les troupes assiégeantes sous les murs de Neuf-Brisach. La reprise des hostilités était attendue d'un moment à l'autre.

Les journées se suivaient monotones, ramenant le même cycle d'occupations invariables.

A midi parade sur la place d'Armes. Les tambours battaient, les clairons sonnaient. L'officier de place passait la revue de la garde montante.

Son œil de lynx scrutait tous les détails de l'é-
quipement. Son instinct de Cerbère flairait
les souliers mal cirés, les boutons absents, les
ceinturons mal astiqués et les armes rouillées.
L'inspection terminée, les tambours battaient,
les clairons sonnaient à nouveau. Puis les
Mobiles défilaient la tête haute, l'air martial,
marquant le pas en cadence, sous le rhytme
endiablé de ces instruments bêtes, la joie des
badauds, mais qui, en dépit de toutes les plaisanteries, empoignent le soldat « et lui flan-
quent du cœur au ventre ».

Après avoir traversé les tristes poternes qui
se refermaient avec des bruits de geôle, les
hommes suivaient le labyrinthe des remparts
extérieurs, jusqu'à leur emplacement désigné
à l'avance. A l'arrivée, distribution des numéros d'ordre. Les numéros 1, 2, 3, 4 suivant le
nombre des factionnaires exigés par l'importance de l'ouvrage, relevaient sans désemparer
les sentinelles précédentes. Les autres étaient
libres jusqu'à leur faction, à la condition
toutefois de ne franchir sous aucun prétexte les limites du lieu confié à la garde du
poste. Vingt-quatre heures de prison dans un
tout petit coin ! Que devenir ? A quoi s'occuper ? Comment tuer ces longues heures

vides ? Tout le répertoire des jeux d'enfance
était épuisé, les barres, la tape, l'ours,
le saute-mouton, le cochon salé, etc. etc. Le
collège n'était pas si loin de nous qu'on ne
pût s'y croire réintégré ? Prisonniers, ne l'étions-
nous pas ? Et si les grilles manquaient, le
cercle de fer qui nous entourait, n'était-il pas
plus infranchissable ? Que de francs éclats de
rire, que de joyeuses parties, brusquement
interrompus par le cri de la sentinelle aux
aguets, signalant une ronde intempestive d'officier, et aussitôt repris après la disparition du
képi galonné au coin du rempart ? Et le noble
jeu de bouchon plus sévèrement encore in-
terdit que les précédents par les règlements
militaires ! Que de séances interminables, pal-
pitantes d'intérêt, dont tout l'enjeu consistait
en une cigarette ou une pipe de tabac, ce « raris-
sima avis ».

Le tabac, cet ami fidèle du troupier, qui lui
est aussi indispensable que le pain, était devenu, par ce temps de siège, d'une rareté telle,
que sa possession constituait un luxe inouï et
envié. Les heureux privilégiés, détenteurs de ce
narcotique recherché le mettaient aux enchères.
Elles atteignaient des prix fabuleux pour la
bourse d'un soldat.

A quatre heures, les hommes de corvée apportaient la soupe. Les gamelles, après un parcours d'un kilomètre environ et les flâneries plus ou moins prolongées des porteurs, arrivaient à destination, froides ou à demi-vides.

Les portes des divers ouvrages se refermaient après le retour de cette corvée pour ne plus s'ouvrir que le lendemain au jour.

La soirée au poste s'écoulait ensuite lente et monotone.

Quand il faisait beau, étendus sur le gazon, la pipe aux lèvres, nous contemplions l'horizon impénétrable, cachant un ennemi presque invisible. Un nuage aux contours bizarres qui passait dans le ciel, des oiseaux voyageurs dont nous suivions d'un œil d'envie le vol au-dessus de nos têtes, un rayon de soleil frappant le bronze des canons, un point vague, tout devenait pour nous sujet de distraction, bon à tuer une parcelle de ce temps aux ailes de plomb.

Si les masses noires se montraient dans le lointain, nous observions avec intérêt les préparatifs de la pièce, qui se disposait à les saluer. Les artilleurs s'agitaient alors sur le gros rempart. Le lourd canon, mu par

les pics et les leviers avec l'accompagnement
des « ho ! hisse » de ses servants, prenait la
position voulue. Sous les commandements
successifs, le projectile s'engouffrait dans sa
gueule noire. Le pointeur, amoureusement
étendu sur le bronze, sa visière de képi
rabaissée en abat-jour, clignant de l'œil,
ajustait les hausses avec soin : Attention !

Puis, après quelques secondes d'un poignant
silence : Feu ! Brusquement enflammée par
la traction d'un bras vigoureux, l'étoupille
enfouie dans la lumière soulevait une auréole
incandescente. Une formidable explosion
ébranlait le sol. Le métal vibrait en ondes
prolongées. L'obus, passant invisible au-
dessus des cous tendus, allongés, traçait
dans l'air un sillon de sifflements plaintifs
et stridents. Un tourbillon de poussière et
de fumée, troublant tout à coup l'atmosphère
limpide d'une large tache blanchâtre, indiquait que le projectile avait atteint la terre.
Des éclatements lointains répétés par tous
les échos semaient la mort ou se bornaient
à ravager les champs inoffensifs, puis les
petits flocons blancs, toujours suspendus
dans l'espace, s'évaporaient lentement dans
les lueurs rosées du soleil couchant.

A bout de distractions, chassés par la nuit prompte à tomber à la fin d'octobre, nous rentrions dans l'étroit réduit de pierre, creusé sous la terre. Etendus sur le sol froid, entre les murs brillants de salpêtre, nous cherchions dans le sommeil, qui suspend la vie et la pensée, l'oubli passager de cette morne existence.

Toute la nuit, ce repos était troublé périodiquement de deux heures en deux heures par les sorties et les rentrées bruyantes des hommes prenant ou descendant la garde. Sur vingt-quatre la moyenne des heures de faction variait de six à huit, suivant l'importance du poste et le nombre des factionnaires.

Si peu moelleuse et confortable que fût la couche, rien de plus désagréable que de se sentir secoué par le caporal, lorsque son tour revenait. Le sommeil était si bon quand même, et si pénibles les moments qui suivaient ce brusque réveil ! Quels bâillements, quelles imprécations contre les cruautés du sort, en bouclant le ceinturon et cherchant le fusil à tâtons ! Et une fois dehors, quel supplice de gagner son poste, à moitié endormi, en trébuchant dans l'obscurité, puis le mot d'ordre transmis dans le tuyau de l'oreille suivant l'usage, d'entendre s'éloigner plus faibles les pas des sentinelles relevées. Et après, quel calme, quelle tranquillité, quel silence !

Deux heures de veille sur le rempart noir et froid.

Que devenir ? A quoi occuper sa pensée !

Là-bas, toujours l'horizon mystérieux, plein de surprises cachées dans ses profondeurs obscures. C'est en vain que l'œil interrogateur cherche à surprendre son secret. La vue se heurte, bornée, contre son voile de brumes impénétrables. Mais rien ne bouge, Tout est tranquille, tout repose. Seul, dans l'air calme, bruit le bourdonnement continu du silence, pareil à celui de ces coquillages marins, qui conservent dans leurs replis la rumeur grondeuse des flots qui les ont longtemps bercés. L'esprit, lassé de ce vide écrasant, ployé sous une sensation intense d'isolement et d'abandon, se reporte alors sur le cercle restreint dans lequel se meut le corps, maintenant éveillé, alerte et dispos, vibrant sous les influences froides de la nuit. Machinalement les pieds du factionnaire suivent l'étroit sentier tracé dans l'herbe par les allées et venues répétées de ses prédécesseurs. Ils enfoncent une pierre dont le tranchant émerge de sa surface plane. Ils écrasent une touffe qui empiète sur son alignement. Puis, abandonnant la piste ancienne, ils entreprennent d'en creuser une deuxième parallèle à la première. L'oreille prend plaisir à écouter le bruit triste des feuilles sèches traînées dans les pas. Le gazon s'use insensiblement sous les foulées régulières du pionnier acharné à son œuvre. Un instant, il reprend haleine. La promenade recommence, cadencée, automatique, suspendue tout à coup par un bruissement insolite, un frôlement dans les broussailles. Un caillou a roulé dans le fossé, où il s'enfonce avec fracas, éveillant des sonorités suspectes. Quelqu'un rampe dans les ténèbres ! Mais non, rien d'anormal. Tout près de là, un compagnon d'armes monte sa faction. Vague et indécise, passe et repasse sa silhouette paisible dans le brouillard. Un court dialogue est échangé à voix basse. Ce bruit de parole humaine si voilé, si discret qu'il soit, rassure la sentinelle, heureuse de l'entendre, dans l'accalmie de cette effroyable solitude.

L'heure tinte au cadran de la cathédrale. Frappé par le marteau, l'airain égrène ses notes claires et espacées. Elles provoquent une explosion subite de vie sur ce morne repos des êtres et des choses.

Sentinelles, prenez garde à vous !

Ce rappel à la vigilance lancé d'heure en heure par la vigie installée dans la tour même du clocher se propage aussitôt de poste en poste. Il sillonne le rempart d'une traînée de cris humains. Une rafale de « Garrrde à vô » vole sur la crête des bastions, des demi-lunes, s'engouffre dans les profondeurs des fossés, des tenailles, des poternes. Elle secoue le factionnaire somnolent qui, à son tour, jette son cri d'éveil dans le concert des voix sourdes, basses, enrouées, claires, aiguës. Puis peu à peu elle mollit dans les lointains. Sa ronde achevée, elle revient brusquement mourir à l'endroit où elle est née, au pied même du clocher. Alors plus intense, plus pesant, succède le silence, un moment troublé, à la rumeur éteinte des voix d'un millier de sentinelles.

Encore une heure de veille. Oh ! qu'ils étaient courts, qu'ils étaient légers ces instants de la nuit consacrés autrefois au plaisir, au repos ! Maintenant ils ont la durée et la pesanteur d'un siècle.

Fatigué d'une promenade incessante, le factionnaire s'accoude sur son fusil. Alors il songe au passé, aux siens dont il est séparé depuis déjà deux longs mois. Que deviennent-ils ? Que font-ils à présent ? Il les revoit à la lueur de la lampe éclairant leur veillée au coin du feu. Leurs pensées s'envolent vers l'enfant perdu qui n'envoie plus de ses nouvelles. Dieu sait si jamais il reviendra au foyer ! Au souvenir des êtres aimés, jaillissent des yeux du Mobile des larmes que la nuit seule aperçoit.

Sentinelles, prenez garde à vous !

L'heure a passé. La vision chérie s'évanouit au bruit des pas libérateurs perçus par l'oreille aux écoutes. Avec quelle rapidité la consigne est glissée au remplaçant ! En route maintenant pour le triste réduit qui se transforme en paradis.

Le lendemain, la matinée commencée au petit jour, se traîne au milieu des mêmes occupations que la veille.

Les intervalles libres entre les gardes étaient parfois employés à réparer les avaries causées aux vêtements, par la vie constante au grand air, les intempéries, le séjour des casemates sordides et des endroits malpropres. Le vent, la pluie, le soleil, la boue, la poussière, l'usure se disputaient à l'envi nos misérables loques, soumises à de rudes épreuves. A défaut des objets indispensables, le troupier, dont l'esprit est fertile en subterfuges, s'ingéniait, à réparer de son mieux les désastres de sa garde-robe, pendant les instants de loisir.

L'un, en manches de chemise, accroupi comme un tailleur, s'adonne, muni d'une véritable aiguille d'emballage, aux difficultés d'une laborieuse reprise.

L'autre, armé d'un caillou, enfonce des clous dans ses souliers, dont les semelles béantes, affichent des prétentions évidentes à une fuite prochaine.

Un troisième, penché sur l'eau des fossés, le torse et les pieds nus, coule une lessive des plus rudimentaires, et savonne à tour de bras, tout son trousseau, consistant en une paire de chaussettes et une chemise mûres.

La soupe du matin, toujours bien accueillie, suspendait un moment ces occupations. L'heure se traînait ensuite, boiteuse. Puis la garde montante venait au sortir de la parade, délivrer les prisonniers.

Parfois cette vie uniforme était égayée par des incidents d'un haut comique. Je ne résiste pas au plaisir d'en conter un, dont je fus témoin.

Mon escouade était de garde cette nuit-là.

Nous dormions d'un profond sommeil. Un de nos amis, de joyeuse mémoire, qui devait mourir dans son lit quelques années plus tard, après une longue et douloureuse maladie, montait sa faction devant l'ouverture de l'abri en pierres, sous lequel nous étions couchés. De vigoureux coups de crosse et des cris répétés : Aux armes ! mettent debout les dormeurs les plus enragés. Nous sortons à la hâte, fusil chargé, ne comprenant rien à ce vacarme insolite. Notre ami, sous l'émotion d'une frayeur non équivoque, prétendait avoir vu une ombre se glisser le long des talus, en face. Il avait entendu, à n'en pas douter, la chute des pierres sous des pas étouffés.

Les questions pleuvaient sur l'infortuné factionnaire.

— As-tu lancé ton : Qui vive ?

— Oui, mais il est resté sans réponse.

— Pourquoi n'as-tu pas fait feu ? C'est ta consigne.

— Je n'ai pas osé... et puis, je ne distinguais plus rien.

On fouille alors soigneusement les environs. Les sentinelles voisines interrogées n'avaient rien remarqué, rien vu, rien entendu. Cela nous paraissait singulier. On vérifie pourtant le terrain dans la direction indiquée, sans découvrir aucune trace. Nous soupçonnions notre ami, assez coutumier du fait, de s'être offert, aux dépens de notre sommeil, le plaisir d'une de ces mystifications dont il possédait le secret. Mais sa figure bouleversée, sa parole émue démentaient une pareille supposition. Il eût été impossible de jouer la frayeur avec autant de naturel et de vraisemblance. Tout à coup un chien accourt en gambadant, heureux de retrouver des visages de connaissance. C'était l'ombre noire !

Ce chien était un type original. Lors de notre passage à Colmar, dont le nom lui resta en souvenir de son origine, il avait suivi et adopté notre bataillon. Il était connu de tous et, en sa qualité d'unique enfant de troupe, choyé comme tel. Toujours en mouvement, il escortait les compagnies à la parade derrière le tambour ou le clairon, accompagnait les corvées, visitait les postes comme un officier de ronde. Mieux que personne, il connaissait la sonnerie de la soupe, et passait en revue les cuisines les unes après les autres. Dès qu'il apercevait deux Mobiles ensemble, il leur emboîtait le pas. Je me souvins l'avoir vu ce soir-là, sur les talons des hommes qui avaient apporté la soupe. S'étant attardé sans doute dans quelque poste, les portes inflexibles s'étaient refermées avant son retour. Ses joyeuses gambades dans les fossés, à travers les talus, sa couleur noire, provoquaient pendant la nuit de fréquentes alarmes chez les sentinelles. Notre ami s'était laissé prendre au piège.

Un fou rire général accueillit la venue du quadrupède. La mine longue de notre camarade confondu était risible. Il ne voulut jamais convenir de sa méprise, et soutint énergiquement, en dépit de l'évidence, avoir vu un homme en chair et en os.

Le lendemain, l'aventure colportée faisait le tour du bataillon. Elle valut à celui qui en fut le héros un déluge de plaisanteries et de quolibets intarissables, qui n'altérèrent en rien son imperturbable bonne humeur.

Depuis plusieurs jours le bruit vague de la reddition de Metz circule dans la garnison. Bazaine aurait rendu la ville avec ses 200,000 hommes de troupes régulières. Cette supposition paraît tellement monstrueuse qu'elle ne rencontre parmi nous qu'une incrédulité dédaigneuse.

Le 31 octobre, le fait est confirmé officiellement. Ainsi plus de doutes, Metz, notre der-

nier espoir, a ouvert ses portes à l'ennemi.
Inutile de dire comment fut accueillie l'annonce de ce crime, que l'histoire de ces tristes
temps a déjà jugé. La rage et la consternation
sont intenses. Une dépêche du ministre de la
guerre, apportée par un émissaire, essaye de
ranimer les courages refroidis. Malgré tout,
elle prêche la lutte à outrance.

L'exemple de Metz ne contribue pas à relever notre moral déjà si abattu. Metz « la Pu-
celle » une armée intacte, l'élite de nos troupes,
notre unique chance, notre suprême atout,
livrés sans combat ! La résistance de Neuf-
Brisach n'a plus de raison d'être ! Que Dieu
nous préserve pourtant d'un sort pareil !
Nous luttons maintenant sans espérance, mais
plaise au ciel que cette partie inégale, qui
doit fatalement aboutir à une capitulation,
ne se termine pas sans gloire, sans sauver au
moins l'honneur.

Aujourd'hui, 1er novembre, la Toussaint.
Dimanches et fêtes, les jours se traînent
tous pareils, sans interrompre le cours immua-
ble du service.

Je prends la garde à midi à la demi-lune 18,
Ce poste important, commandé par un lieutenant, se composait d'une quarantaine d'hommes.

La place, ordinairement silencieuse pendant la nuit, ne cessa presque pas le feu des pièces en batteries au front de la porte de Belfort. Le lendemain seulement j'eus l'explication de ce tir nocturne.

Placé tout près d'une pièce de 24, dont les projectiles passaient en ronflant, au-dessus de ma tête, je suivais avec intérêt les manœuvres des artilleurs. Mes heures de faction s'écoulèrent cette fois-ci rapidement, occupées à contempler le ciel noir subitement embrasé de lueurs rouges, à écouter la formidable explosion toute proche, et les éclatements lointains de l'obus, qui emplissaient de détonations la plaine obscure.

La garnison, encore peu familiarisée avec le bruit du canon, goûta cette nuit-là un sommeil agité. Plus d'un Mobile, éveillé en sursaut, se demanda si l'ennemi recommençait le bombardement.

A l'aurore, la canonnade cessa.

Le jour des Morts se leva terne et maussade. Il ne démentit pas son nom en cette occasion, car plus d'une victime devait lui payer tribut.

Suivant l'usage, après le réveil en fanfare exécuté par les clairons et les tambours, la musique des Mobiles du Rhône, réunie sur la place d'Armes, régalait la garnison de quelques auditions. Son chef réservait, en général, les morceaux les plus populaires du répertoire pour cette aubade matinale. Ces airs connus et aimés exerçaient une bienfaisante influence sur le moral des troupes, de suite mises en gaieté par ce joyeux réveil, qui les prédisposait à la bonne humeur pour le reste de la journée. La sentinelle ravie suspendait sa promenade pour les écouter. Combien de fois, après une glaciale nuit de garde sur le rempart, en entendant ces mélodies entraînantes qui évoquaient les jours d'un passé heureux, n'avons-nous pas, électrisés par leurs notes folles, organisé des quadrilles échevelés, dont l'animation, en même temps qu'elle dissipait le froid aux pieds, opérait une salutaire diversion sur le cours des idées moroses !

Ce matin-là, je m'en souviens, par une coïncidence qui devait, une heure plus tard, ressembler à un contraste, les cascades du quadrille de la Belle-Hélène, exécuté à pleins souffles par les cuivres vigoureux, venaient jusqu'à notre corps-de-garde, ranimer les sourires sur tous les visages.

La musique avait cessé depuis un certain temps, lorsque j'aperçus mon ami X... qui.

n'étant pas de garde, avait passé la nuit dans la casemate. Il apportait aux hommes de son escouade le café du matin. Je le gourmandais en riant, sur la profusion avec laquelle sa main amicale m'avait versé le chaud breuvage, lorsque le factionnaire, à la porte même du poste, m'interpelle et me dit : « Réserve-moi ce que tu as de trop. »

Au même instant, des sifflements aigus retentissent à nos oreilles surprises, et un obus s'abat sur l'étroit espace que nous occupions. L'infortuné à qui je tendais le restant de ma gamelle, s'affaisse subitement sans proférer un cri, à deux pas de moi. Un éclat lui avait enlevé une partie du crâne. La cervelle saillait, mise à nu, hors de la tête. Je reçus le baptême du sang.

C'était le premier homme que je voyais plein de vie, tomber raide mort à mes pieds. Je demeurai anéanti. Les jours qui suivirent devaient me familiariser avec ces émotions inséparables de la guerre, mais jamais il ne m'a été donné d'assister d'aussi près à pareille scène.

Le bombardement continuait violent. Les coups se succédaient répétés. Le sifflement des projectiles était incessant, perpétuel. Il devenait impossible au milieu de la confusion des bruits, de pressentir leur direction ou leur chute, et par suite de se garer d'une façon quelconque.

Les éclats pleuvaient de tous côtés, criblant les remparts, les talus, les fossés. Silencieux depuis le matin, nos canons entrèrent en branle à leur tour, apportant au vacarme infernal l'appoint plus bruyant que redoutable de leurs voix majestueuses. Sous cette pluie de fer, les Mobiles, bien qu'émus, restèrent inébranlables. Pas un homme n'abandonna son poste. Le capitaine de place, en accomplissant sa ronde, constata le fait avec satisfaction.

Notre tour de garde revenait pour un de mes amis et moi. Il n'y avait pas à hésiter. Prenant le pas course, non sans avoir jeté un coup d'œil sur le cadavre, qui gisait toujours à la même place, nous traversâmes un endroit resserré entre deux murs où la mitraille faisait rage. C'était le point sur lequel convergeaient les feux d'une batterie entière dont l'objectif était la porte de Belfort, mais qui, mal pointés, n'atteignaient pas leur but, et balayaient les ouvrages situés plus avant de la demi-lune 18. En vertu de quel miracle avons-nous échappé là à une mort qui nous paraissait fatale ? Rampant sur les genoux, aveuglés par la fumée et la poussière, le visage cinglé par les mottes de terre pulvérisée, couverts de débris, nous atteignîmes pourtant sans la moindre égratignure, le lieu qui nous avait été assigné. Nous demeurâmes quatre mortelles heures couchés dans la boue sous ce feu violent, sans aucun abri. On négligea de nous relever au bout du temps réglementaire de faction. Etait-ce oubli ou crainte d'exposer à nouveau la vie de deux hommes en les obligeant de parcourir le même chemin ? Mais, résignés à notre sort, nous attendions la fin de cette interminable séance

Pour être sincère, je dois avouer que j'aurais été embarrassé de discerner la considération dominante qui nous clouait à notre poste ; sentiment du devoir, amour-propre, appréhension du retour par le périlleux passage, résignation absolue, ou indifférence suprême de trouver la mort ici plutôt que là.

Mais elles furent terriblement longues ces heures ! Eloignés l'un de l'autre de quelques mètres, rasés sur le sol, nous entendions les éclats s'enfoncer avec un bruit sourd dans l'étroit espace qui nous séparait. Et sous les émanations soporifiques, qui se dégageaient de

cette atmosphère de tapages ronflants et de
poudre capiteuse, nous luttions avec peine
contre un sommeil envahissant. Trompés par
notre silence et notre immobilité, par la position allongée simulant celle d'un cadavre, nous
éprouvions un instinctif besoin de nous héler
parfois comme pour nous convaincre par
le son de la parole que nous n'étions pas
rayés de la liste des vivants. Risibles devaient
être nos figures, car je me souviens, qu'à un
moment donné, levant la tête en même temps,
nous échangeâmes un mutuel éclat de rire,
ainsi que deux augures.

Homo sum, et nihil humani a me alienum puto.

Pourquoi alors n'essayerai-je pas de retracer avec une sincérité exempte de fard et
dans toute leur bizarre incohérence, la série
des idées qui traversèrent ma cervelle, et des
faits qui absorbèrent mon attention, pendant
cette fiévreuse inaction ?

Tout d'abord, je ne songeai qu'à la mort
foudroyante du camarade tué à mes pieds. Sa
vision, encore très fraîche, m'agitait d'un trem-
blement nerveux. Le sacrifice de ma vie ré-
solu, mes désirs, après mûre réflexion, ne se
bornaient plus qu'à souhaiter une fin aussi ins-

tantanée, exempte de souffrance et d'agonie.
Le souvenir des miens qui me pleureraient ne
réussit pas à m'arracher des larmes rebelles.
Je me demandai alors avec anxiété ce que je
deviendrais en quittant cette terre. Où irais-
je ? ce fut en vain que j'adressais un appel désespéré aux croyances religieuses dont mon
enfance avait été nourrie. Et tout en recom-
mandant instinctivement mon âme à Dieu, je
me débattais dans une confusion de doutes
inextricables, sans trouver de solution. Ces
problèmes obscurs martelaient ma pauvre tête
incapable de suivre le fil de ses idées. Je me
lassai bientôt de cette poursuite stérile.

Puis un certain temps s'était déjà écoulé,
sans que la mort m'eût visité. Je m'adon-
nai alors à un laborieux calcul de probabilités,
en supputant les chances qui me restaient d'y
échapper. La perspective d'une simple bles-
sure me souriait déjà. C'était évidemment
l'éventualité la plus avantageuse, et qui m'au-
torisait, après le sacrifice d'un membre à la
patrie, à rentrer dans mes foyers, le front ceint
d'une auréole de gloire. On vit très-bien avec
une jambe ou un bras de moins... et une mé-
daille militaire en plus. Bras ou jambe, lequel
des deux aurais-je préféré perdre ? Autre

problème, tout aussi difficile à résoudre que les
précédents. J'avais oublié l'amputation. Brrr !
Je voyais le major en tablier blanc, les manches retroussées, scier un de mes membres.
Cette vision, bien vite repoussée, me donnait
froid dans le dos.

Ce souvenir du major évoqué, me rappelait
la rancune que je lui avais vouée. Un jour, me
sentant quelque peu indisposé, je me fis
« porter malade » sur la liste du sergent de
semaine. Cette inscription m'obligeait à me
présenter à la visite quotidienne. Je m'y rendis. Le médecin, après un simulacre d'examen
silencieux, me contraignit à avaler devant lui
le contenu d'une fiole, que j'absorbai sans
défiance. Aux violentes contractions qui me
soulevèrent l'estomac, je ne tardai point à reconnaître que j'avais été victime d'un odieux
guet-apens. Ce ne fut qu'au prix d'efforts désespérés, que je parvins à me débarrasser de
l'énergique émétique si traitreusement administré. Tous les malheureux qui se présentèrent
à la visite ce matin-là, bien qu'atteints des maux
les plus divers, furent uniformément condamnés à cet unique remède, considéré sans doute
par son prescripteur, comme une panacée
universelle. Le souvenir de mes souffrances et

des contorsions grotesques de mes nombreux
compagnons d'infortune, que je revoyais la
tête appuyée contre les arbres du rempart, se
livrer au même travail d'expulsion que moi,
me poussait à un fou rire nerveux, dont je
n'étais pas maître.

A force de demeurer immobile et pelotonné
dans la boue, je sentais l'humidité me pénétrer
et les premiers picotements de la crampe
mettre des légions de fourmis dans mes jambes
engourdies.

Puis jetant les yeux en face, j'essayai de reconnaître la position des batteries invisibles
dont le feu ne ralentissait pas. Tout au loin,
des flocons blanchâtres, s'élevaient à bord de
bois, à intervalles réguliers, suivis de détonations correspondantes. Je comptai sur mon
pouls les secondes qui s'écoulaient entre l'apparition de la fumée et le bruit. Ce travail cap-
tivant absorba mes facultés, en me contraignant
à faire appel à mes notions, un peu oubliées,
sur les lois de l'acoustique et de la vitesse
de la lumière, à travers les couches de l'atmosphère Et pendant longtemps je m'efforçai
de déterminer la distance en additionnant les
pulsations de mon pouls agité par la fièvre,
qui compliquaient les difficultés de mes calculs.

Machinalement, je fredonnai des airs d'opéra et d'opérette. Ceux de la Belle Hélène et d'Orphée aux Enfers exécutés le matin même par la musique au réveil, me revenaient avec une ténacité importune, étrangement mariés aux deux premiers versets du *De Profundis*, que je répétais des centaines de fois, sans y attacher aucun sens. Je revis la scène désopilante dans laquelle Jupiter s'écrie : qu'on m'apporte mon tonnerre ! et agite bruyamment la légendaire feuille de tôle. Cette idée drôlatique me paraissait maintenant une conception de génie, et j'éclatai de rire, en songeant combien eût été mesquin l'instrument du père des dieux, au milieu du vacarme qui me meurtrissait les oreilles.

Si je comptais jusqu'à mille ? Je m'arrête en route, incapable d'achever cette tâche fastidieuse.

Une touffe d'herbe est devant moi. Je souffle sur les brins, en prenant un vif intérêt à leurs ondulations. Je les compte et les recompte ; je les tresse. J'astique avec rage l'extrémité en cuivre de mon fourreau de baïonnette. Puis quand il est poli comme un miroir, il me sert à dessiner dans la boue, des carrés, des ronds, des silhouettes grossières.

Une coccinelle qui vole sans souci de la mitraille, s'abat sur ma main qu'elle sillonne du chatouillement de ses pattes ténues. Pour le coup, voilà une distraction bien littéralement tombée du ciel. Je la condamne à grimper le long d'une branchette ; au sommet elle déploie ses ailes. Ingrate, es-tu donc si pressée de me quitter ? Je la retiens prisonnière. Encore une ascension !

Pauvre bestiole ! Tiens-moi compagnie un instant : tu occupes ma pensée vide. Mais pourquoi te torturer ainsi ? En voilà assez ; non, je ne veux pas ta mort. Reprends ton vol et ta liberté. Vis !

La vie ! Ah ! qu'elle était douce et facile autrefois ! Reviendra-t-il jamais cet heureux temps ? Mais quelle folie de conserver un regret, un désir, à cette heure ! Quelle ironie de songer à la vie, dans ce lieu de mort !

Holà ! Qui vive ! France. Enfin, voilà nos remplaçants. Bonne chance, camarade !

Encore un kilomètre avant d'atteindre la casemate !

Qu'importe la distance. Marcher c'est renaître, marcher c'est ressusciter !

Le poste rallié, il fallait pourtant emporter la dépouille mortelle de notre compagnon d'armes. Nous plaçâmes le corps dans une couverture de campement.

Le feu continuait sans répit, avec des intermittences de redoublement furieux.

Le cortège se mit en route, rasant les murs, arrêté à chaque pas par les obus qui éclataient sur son parcours ou les cris des vedettes sur le rempart qui criaient : gare la bombe ! On se baissait, le nez sur le cadavre, pour laisser passer la bordée, puis la course recommençait, interrompue à tout instant par les mêmes incidents. Au bout de 500 mètres de circuits à travers les fossés, nous déposions notre funèbre fardeau sous l'abri de la première poterne.

Nous reprîmes un moment haleine avant de risquer la traversée de la ville. Là, comme sur les fortifications, tombait une pluie de fer intense. Les projectiles convergeaient dans ce foyer embrasé, qui leur offrait un large but. Ils semblaient s'attaquer avec amour aux maisons, et comme dirigés sous l'inspiration des principes essentiellement pratiques de la philosophie militaire d'outre-Rhin. Détruire seulement des murs qui ont été construits pour être battus en brèche, c'est le vieux jeu, exigeant trop de temps et de munitions. Une fois la ville prise, ils sont coûteux à reconstruire. N'est-il pas préférable d'user des procédés d'intimidation, en bombardant les demeures des particuliers, en les incendiant. Quel moyen efficace pour peser sur la population civile par la terreur et la ruine de ses intérêts ? N'est-ce pas là le point sensible, le plus apte à hâter une reddition ? Cette tactique soulève fréquemment des révoltes et des rébellions. Quand le commandant de la place manque d'autorité et d'énergie, les habitants exaspérés lui imposent parfois l'obligation de capituler, ainsi que l'évènement l'a prouvé pendant cette même guerre de 1870-1871.

Nous atteignîmes pourtant la casemate au complet, accueillis avec effusion par des amis, inquiets sur notre destinée. Nous fûmes accablés de questions au sujet de la mort de notre camarade.

Un moment après cette rentrée, étendu sur le dos, je contemplai avec un sentiment de bien-être profond les voûtes, tapissées de toiles d'araignée de la casemate, qui me parurent la suprême expression du confortable. Leur sécurité relative, leur chaude atmosphère, les voluptés de la position horizontale, la satisfaction de me retrouver vivant après les épreuves de la matinée, les dernières traces de la fièvre, le grondement voilé et soporifique des détonations, me plongèrent insensiblement dans un sommeil, dont je m'éveillai complètement détendu et rééquilibré.

Le jour tombait, et le bombardement continuait impitoyable. On crut que la nuit imposerait une trève à ses fureurs. Vain espoir ! La canonnade, loin de diminuer, redoubla d'intensité. On espéra alors (l'homme est si acharné à souhaiter ce qu'il désire) que ces rages nouvelles étaient le prélude de la fin, et comme le bouquet de ce sauvage feu d'artifice qui durait depuis douze heures. Vain espoir !

L'ennemi infatigable poursuivit dans les ténèbres son œuvre de destruction. La lueur des incendies formait maintenant une immense couronne rouge au dessus de la ville en combustion. Le vaste brasier, rayonnant dans la nuit sombre, offrait ainsi un point de mire en flammes aux Allemands, qui l'attisaient avec soin et rallumaient les points menaçant de s'éteindre ; à la faveur de cette clarté constamment entretenue, ils se livraient à un tir nocturne aussi efficace qu'en plein jour.

Le soir, dans la casemate, un concert vocal fut organisé, afin d'abréger les longueurs de la veillée et de soustraire les esprits soucieux aux pensées funèbres. Les artistes improvisés rivalisèrent de verve et d'entrain. On sentait qu'ils éprouvaient le besoin de s'étourdir eux-mêmes, et qu'ils prenaient à tâche d'éloigner l'ombre errante du camarade tué le matin, dont le souvenir attristait tous les visages. L'homme oublie vite, et les morts laissent si peu de traces ! Et puis, mourir pour mourir, ne vaut-il pas mieux recevoir la mort le sourire aux lèvres, que les yeux mouillés de pleurs ? En tous cas, l'existence, dans ces moments-là, tient à un fil si ténu, qu'elle ne vaut vraiment pas la peine d'un regret !

Et les chants continuaient joyeux, étincelants de gaîté, soulevant des fusées de rire, accompagnés de la basse lugubre des voix de bronze, ou étouffés par instants, sous des éclatements formidables.

Au dehors la camarde n'interrompait pas son œuvre et fauchait sa moissons d'épis humains.

Cette première nuit de bombardement fut agitée. Nos oreilles n'étaient point encore rompues aux roulements du canon. Et parfois, quand un projectile éclatant au bas du rempart, dans le mur même de la casemate, creusait un trou béant, d'où la maçonnerie croulait avec fracas en cascades de pierres dans le fossé, les dormeurs éveillés en sursaut, croyaient à l'effondrement de l'édifice souterrain.

Le jour reparut, puis les hommes de garde rejoignirent leur compagnie. Plus heureux que la veille, ils rentraient au complet.

Il fallut, comme de coutume, s'acquitter des mille soins de la vie quotidienne et accomplir sous le feu les corvées ordinaires.

Je constatai une fois de plus, à cette occasion, la merveilleuse facilité avec laquelle les hommes contractent des habitudes nouvelles. Chacun avait senti la nécessité de se soumettre de bonne grâce, en apparence du moins, aux exigences d'une situation, à laquelle il était du reste impossible de se soustraire. Tous, en vertu de cet instinct égoïste et conservateur qui est le propre de chaque individu, espéraient tirer un numéro gagnant dans cette gigantesque loterie de mort. Le petit nombre relatif (je ne raisonne que sur ma compagnie) de ceux qui avaient été frappés, corroborait cette impression optimiste. Un tué, pas un seul blessé! Si les risques étaient multiples, le résultat constaté n'était pas proportionnel à la quantité de projectiles tombés. Tous causaient une ruine ou un dégat matériel, quelques-uns seulement la mort d'un être humain. Ce raisonnement logique conduisit, le premier instant d'effarement nerveux, une fois passé, à accepter résolûment cette vie pleine de hasards.

Je n'irai pas cependant jusqu'à prétendre que cette soumission eut lieu sans révoltes intérieures, qu'elle fut absolue, non, car l'instinct de la conservation est inaliénable. Mais les appréhensions intimes qui subsistaient fatalement furent dissimulées sous un voile de bonne humeur et de plaisanterie. Notre parti-pris de gaîté était bien par moments un peu factice, mais l'entrain général n'en était pas moins réel, et bons mots et saillies tombaient parfois aussi drus que les éclats.

S'il y eut quelques défaillances, ce ne fut qu'à titre d'ombres au tableau. Ne sont-elles pas inévitables, dans toute réunion d'hommes un peu nombreuse, où la diversité des caractères, la différence d'éducation, la variété et l'impressionnabilité des tempéraments créent autant d'éléments disparates, sur lesquels la volonté exerce une prise plus ou moins efficace.

La moyenne, c'est-à-dire la majorité se tint entre les deux extrêmes, et accomplit

son devoir avec une régularité ponctuelle
et résignée, mais sans enthousiasme ni foi, je
dois l'avouer pour rester sincère.

Pouvait-il en être autrement? Nos adversaires possédaient le nombre, l'armement,
l'équipement, l'outillage, l'expérience, la discipline, des chefs capables et énergiques. Leur
admirable artillerie nous fournissait à chaque
minute les preuves de son écrasante supériorité. Ils combattaient sous l'égide de la force
morale qu'inspire la fidélité de la victoire. Ne
suffisait-il pas de comparer pour ne plus douter
du dénouement? A nous, assiégés, quel était
notre seul atout? La chance chimérique d'être
secourus par suite d'un miraculeux et invraisemblable revirement de la situation. Dans ces
conditions, la capitulation s'imposait forcée,
fatale. Ce n'était qu'une question de jours,
et notre résistance se transformait en une
pure formalité exigée par l'honneur. Or
quand la confiance et l'espoir se sont envo-
lés, il ne reste plus de place que pour la
résignation.

Les Allemands avaient installé leurs batteries
principales sur la gauche des villages de
Biesheim et de Wolfgantzen. Leurs feux se
croisaient au-dessus de la ville. Elles étaient

armées, partie de pièces prussiennes de
24 rayées, partie de pièces françaises enlevées
à Strasbourg et à Schlestadt. Il était aisé de
distinguer la provenance du projectile rien
qu'à sa rapidité. Quand c'était un canon de
fabrication allemande se chargeant par la
culasse, à peine avait-on le temps d'entrevoir
la fumée du coup, que déjà l'obus éclatait sur
la ville ou le rempart.

Le tir ennemi était précis, mathématique.
Il y avait quelque chose de saisissant et de sinistre dans sa régularité parfaite de mouvement d'horlogerie qui ne cessait jamais.

Parfois l'allure augmentait par l'ouverture de nouvelles batteries, ou l'adjonction de
canons, qui n'entraient en service qu'à des intervalles plus espacés. L'intensité des rafales de fer devenait alors effroyable. L'exiguité
du cercle formé par la ville et les remparts
offraient un but restreint, qui absorbait tous
les projectiles lancés. Bien peu se perdaient.
Le seul endroit vide était la place d'Armes.
Tout ce qui tombait ailleurs causait un dégât
ou un désastre.

Neuf-Brisach ripostait de son mieux avec
ses sept pièces de 24, les seules dans tout le
matériel qui fussent douées d'une portée effi-

cace. Les artilleurs se multipliaient. A de certains moments, des duels particuliers s'enga-
geaient de pièce à pièce, au milieu de la grande
partie, chacune des deux cherchant à démon-
ter l'autre, avec des acharnements furieux,
dans lesquels on sentait passer comme des
souffles passionnés chargés des haines des
deux nations.

Il était impossible sous un feu aussi violent
de se servir des chevaux pour les charrois.
Tous les transports s'effectuaient à dos d'hommes, ce qui triplait le nombre des corvées en
les rendant plus dangereuses. Les Mobiles
réduits au service des animaux de charge et
astreints au rôle de mulets parcouraient les
rues attelés à de lourdes voitures, ou portant
un fardeau sur leurs épaules.

En outre, chaque homme se rendant à sa
garde, devait se détourner de son chemin,
pour prendre, à la poudrière de la porte de
Colmar, deux obus qu'il déposait au passage
dans les contregardes situées sur son trajet.

L'obus est un objet peu maniable, sa forme
conique, son poids, en rendaient la manuten-
tion délicate aux mains inexpérimentées des
Moblots. Quand d'aventure, une vedette malicieuse apercevait du haut du rempart un cama-

rade, empêtré de ses munitions, suant, souf-
flant, maugréant, elle ne manquait jamais de
lui hurler un « Gare la bombe » accompa-
gné de signaux désespérés. Aussitôt, le pauvre
diable, déposant avec précaution son chargement incommode, s'étendait à plat ventre dans la
boue, entre ses deux projectiles formant pyra-
mides. Même aux moments les plus critiques,
l'esprit français perd rarement l'occasion d'ex-
ploiter la note comique.

Les heures de relevée des gardes furent
changées.

La garde montante partait à neuf heures du
matin au lieu de midi. De la sorte, les hommes ayant pris un premier repas avant de sortir, il n'était plus nécessaire de leur porter à
manger qu'une seule fois. Cette modification
fut motivée par les fréquents accidents qu'oc-
casionnait le double transport des gamelles à
travers les fossés. Et même, le bombardement
se prolongeant, l'habitude prévalut de ne plus
envoyer la soupe du soir aux hommes de garde.
Etant prévenus, ils s'arrangaient en conséquence, vivant tant bien que mal pendan-
vingt-quatre heures. N'était-il pas cruel et
inhumain d'exposer la vie des camarades pour
un si mince objet ? Au surplus, tout le monde

trouvait son compte à cet arrangement, chacun étant bien aise de se dispenser, à l'occasion, d'une corvée meurtrière.

Du reste, la question de nourriture dégénérait parfois en hypothèse. La soupe cuisait en plein découvert, surveillée de temps à autre par des cuisiniers dont la fonction, d'essence si paisible, était devenue très périlleuse. Nos cuisines, situées à côté de la porte de Strasbourg, voisine de notre casemate, étaient incessamment balayées par les feux de la batterie de Biesheim. Un perpétuel tourbillon d'éclats rendait la position intenable. Combien de fois les marmites ne furent-elles pas renversées? Force était alors de se contenter de pain sec, en se serrant le ventre jusqu'au lendemain.

La traversée de la ville n'était plus praticable. A la chute des projectiles de toutes sortes venait encore s'ajouter celle des pans de murs, des poutres, des madriers, des maisons, qui brûlaient sans entraves au milieu d'un incendie général, non circonscrit et, de plus, soigneusement attisé par l'ennemi. Les corvées, les gardes, les rondes, les transports suivaient maintenant, pour se rendre à destination, le pied du rempart du corps de place, dont la masse couvrante gazonnée, les préservaient au moins d'un côté. Une décision supérieure, jugée un peu tardive par l'opinion générale, ordonna le creusement d'une tranchée protectrice. Elle consistait en un fossé peu large mais profond, qui, longeant le gros rempart, faisait le tour entier de la ville. La terre extraite, rejetée sur le bord opposé, formait un talus, qui présentait un obstacle aux projectiles. Dans cet étroit chenal, le corps de l'homme disparaissait presque complètement, à l'abri sinon du boulet même, du moins de ses éclats et de ses ricochets. Ce gigantesque travail, commencé dans la nuit du 3 novembre, était achevé trois jours après.

Le 4 novembre, un obus allemand éclate sous la voûte de la porte de Colmar où se trouvait un poste. Vingt hommes furent littéralement broyés d'un seul coup. Les parois des murs dégouttaient de sang et de débris humains.

Le même jour, à la poterne 58, pareille catastrophe se renouvelle, causant cinq morts et plusieurs blessures.

On songea seulement alors à blinder les ouvertures des ouvrages derrière lesquels s'abritaient leurs défenseurs, au moyen de forts madriers, de sacs de blé, de farine et d'avoine, en abondance dans les magasins.

La répartition des troupes dans les tours et les casemates avait été conçue d'une façon peu rationnelle. J'ai vainement cherché, pour ma part, un motif justificatif. Si des raisons plausibles avaient dicté les bases de la distribution adoptée, elles échappaient à la garnison qui se demandait pourquoi les hommes avaient été logés dans des endroits diamétralement opposés à ceux dont la défense leur incombait. Ainsi, pour ne citer qu'un exemple : le bataillon du Rhône, chargé de défendre la porte de Belfort et ses dépendances était caserné dans des locaux ressortissants de celle de Strasbourg. Des casemates aux divers postes, la distance à parcourir sous le feu s'élevait parfois à plus d'un kilomètre. N'était-ce pas exposer inutilement des vies humaines ?

Les travaux de blindage et de tranchée circulaire, qu'une prévoyance élémentaire indiquait de parachever avant l'ouverture prévue du siège, furent tous exécutés sous la chute des projectiles, imposés par la nécessité.

Avec la prolongation du bombardement s'accroissaient aussi les besoins du service. Des corvées incessantes, des gardes fréquentes, une nourriture capricieuse et rudimentaire, un sommeil agité dans les casemates entre deux nuits passées sur le rempart, contribuaient à rendre pénible et dur notre métier d'assiégés. En dehors de ces exigences constantes et journalières, tant que dura le creusement de la tranchée protectrice, il fallait toutes les quatre heures environ, manier la pelle et la pioche, sous une grêle d'obus et de bombes, qui interrompaient à chaque instant la besogne.

Le lazaret installé dans un souterrain, près la porte de Belfort, devint trop exigu pour contenir les recrues que le feu et la maladie lui envoyaient. On fut obligé d'organiser une ambulance dans une casemate et de répartir ses hôtes expulsés dans les autres déjà bondées.

Le soir, des corvées silencieuses se rendaient sur les talus et les glacis, où elles creusaient des tombes. Combien de ceux employés à ce travail, devenus trappistes par occasion, creusèrent eux-mêmes leur propre fosse !

Dans la nuit du 5 novembre, le poste avancé de la maison hydraulique, occupé par un détachement du bataillon du Rhône, fut surpris par l'ennemi. Un seul mobile échappa au massacre en se cachant dans les aubes de la roue du moulin de l'écluse. Il fut recueilli le lendemain matin, à demi mort de froid, après une longue immersion dans l'eau du canal, par les hommes venant relever la garde. Ses compagnons étaient tous tués ou prisonniers.

Le 6 novembre, le déménagement de la poudrière de la porte de Colmar est rendu urgent, par le tir précis de l'assaillant, qui fait craindre une explosion imminente. Ce dangereux travail fut rapidement mené à bonne fin sous une cascade de pierres et de projectiles. A peine était-il terminé que les boulets tombaient sous les voûtes percées à jour.

Cette même journée, néfaste entre toutes, fut marquée de la mort du commandant d'artillerie Marsal. Un obus éclatant à ses pieds l'atteignit au bas ventre. La nouvelle, aussitôt colportée, répandit le découragement et la consternation. Son infatigable activité son énergie indomptable, se déployaient sans répit. Mieux que pas un, il jugeait clairement la situation, mais, se sentant charge d'âmes, il luttait quand même avec la rage du désespoir. Son ardent patriotisme le poussait aux folies de l'héroïsme. Insouciant du danger, prêchant d'exemple, il exposait à tous les hasards cette vie précieuse qu'un commandant supérieur

devrait toujours ménager. Le chef d'escadrons
Marsal était comme le pivot et l'âme de la
défense. Lui mort, notre dernier espoir s'éva-
nouissait. Je me plais à rendre hommage à
cette noble figure, demeurée parmi les infortunés défenseurs de Neuf-Brisach, au travers
d'une vision consolante, comme l'incarnation
de ces hommes rares, en ces temps troublés,
qui n'ont pas désespéré de la patrie !

Le tir des Allemands atteignait de jour en
jour une plus grande précision. Deux de nos
pièces furent démontées.

Le bombardement du fort Mortier n'avait
commencé que le 3 novembre. L'assaillant,
sans interrompre celui de la ville et des
remparts, prit le parti de réduire au silence
le petit ouvrage dont le feu gênant l'empêchait de rapprocher ses tranchées.

Dans ce but, trois batteries, l'une à Biesheim,
l'autre sur la rive droite du Rhin, la troisième
sur la plate-forme de l'église de Vieux-Brisach,
battaient incessamment en brèche l'enceinte
du fortin.

L'ennemi tenta même un simulacre d'assaut,
pour hâter le dénouement qui tardait sans
doute trop au gré de ses impatiences. Ce fut
un imposant spectacle, auquel la curiosité me

chassant de la casemate, me fit assister du haut
du rempart. Il était environ quatre ou cinq
heures du soir. Le ciel se plombait d'un gris
uniforme sous les approches de la nuit. Des
masses noires s'agitaient confusément dans la
plaine. L'obscurité et la fumée empêchaient de
bien distinguer leurs mouvements. Quel
était l'objectif de ce déploiement de forces qui
venaient manœuvrer jusque sous la portée de
nos canons ? Prévenir une tentative de sortie
de la part de la ville, ou couper la retraite aux
défenseurs du fort réduit aux abois, je ne sais.
Toujours est-il que ses batteries et les nôtres
unissaient leurs voix dans un majestueux unisson pour diriger de meurtriers feux de salves
sur l'agglomération des assiégeants. La nuit
tombée empêchait de juger des résultats
qui durent être effrayants si les coups portaient.

Dans la soirée, le fort Mortier capitula. Ce
n'était plus qu'un monceau de pierres. Deux
cents hommes y furent faits prisonniers.

A partir de ce moment, les batteries devenues disponibles par cette reddition, concen-
trèrent leurs efforts sur Neuf-Brisach. Les
Allemands en installèrent encore d'autres plus
rapprochées qui resserraient chaque jour les

mailles du réseau, dans lequel se débattait notre agonie.

Deux batteries de mortiers, peu éloignées de la place, envoyaient des bombes monstrueuses. Escortées d'un long sillon de feu, accompagnées de ronflements sinistres, elles éclataient souvent dans l'air en des milliers d'éclats. Quand une de ces lourdes masses touchait la terre, le sol était ébranlé sur un vaste périmètre, pilé, hâché et se creusait de trous de plusieurs mètres de profondeur. Sous leur chute, des cubes de maçonnerie croulaient dans les fossés.

Je me trouvai de garde plusieurs fois pendant le bombardement et notamment aux chemins couverts. En style de fortification, ce terme s'applique à des chemins protégés par le feu du rempart, auquel ils s'appuient. En fait, c'est un étroit lacet de terrain gazonné, circulant extérieurement autour de la ville et bordé par un talus de vingt-cinq centimètres de haut sur cinquante de large. Malgré l'expression technique, qu'il faut bien se garder de prendre dans son sens littéral, il n'existe pas, en réalité, de sentier moins couvert. Aucun abri, aucun réduit quelconque ne permettait de se garantir des feux de l'assiégeant. Une petite tente de campement offrait seule son mince rempart de toile, à celui qui jouissait d'un tempérament assez robuste pour dormir dans de pareilles conditions.

La consigne transmise en prenant possession de ce poste peu envié, ne laissait, par sa concision, aucune illusion à ses gardiens sur le sort qui leur était éventuellement réservé.

« En cas d'attaque, résister à coups de fusil « pour donner l'alarme, sans se replier sous « aucun prétexte. »

Il me semble impossible de formuler une idée approximative de la lenteur désespérante des heures passées en cet endroit, au grand air, en plein découvert. Quand je me reporte maintenant par la pensée à ces moments-là, je me demande encore si je n'ai pas été le jouet d'un rêve ou d'une hallucination.

Point de faction proprement dite. Les hommes s'accroupissaient autour des armes réunies en faisceaux ou se promenaient en surveillant l'horizon. Au bout de quelque temps, le sentiment du danger disparaissait presque complètement. A peine renaissait-il passager sous le coup d'un éclatement plus rapproché ou d'une volée d'éclats plus intense.

Et pourtant si par malheur on s'abandonnait à serrer de trop près la réalité, il se dégageait de cet examen une sensation d'angoisse intraduisible.

Être prisonnier sur un étroit espace, l'oreille assourdie par les sauvages déchirements d'un orchestre aux instruments de bronze et d'acier, respirer dans une atmosphère de sifflements mortels, tressauter sans répit sous les ébranlements des explosions formidables, sentir son corps comme une cible perpétuelle offerte au tir d'un ennemi invisible, se dire à chaque seconde en voyant sourdre sur la courbe du ciel le jet de poudre des pièces en batterie : Est-ce mon heure, cette fois! et demeurer là inerte, dans une immobilité de but, en face de la mort, sans pouvoir la donner à son tour! Voir le jour disparaître, la nuit tomber, un autre jour se lever, et rester là, toujours là, passif, avec le même sentiment d'impuissance et de rage au cœur! Comment rendre cette inexprimable torture d'agonie permanente, dont l'excès confine à la folie, dont l'acuité se résout en une aspiration vers la mort, comme vers la fin d'une épreuve au-dessus des forces humaines. Ah! oui, la mort eût-elle répondu à cet appel, que nous aurions salué sa bienvenue libératrice!

Et alors ce malaise intolérable dégénérait

en un besoin désordonné d'activité, qui se manifestait sous des formes multiples, en courses
rapides, rétablissant la circulation du sang, rendant la souplesse aux membres engourdis, en des
jeux enfantins, en des passe-temps puérils. Une
des principales distractions en faveur consistait à ramasser sur le gazon les projectiles non
éclatés. les balles, les éclats, les fusées, les débris de tous genres, curieux par leur forme bizarre. Nous en composions des tas, semblables
aux cubes de cailloux que les cantonniers élèvent sur la bordure des routes nationales. Chacun des postes qui se succédaient ajoutait de
nouveaux éléments à l'œuvre commencée. Vers
la fin du siège, quelques-uns de ces singuliers
monuments atteignaient des proportions considérables.

On suivait avec intérêt les opérations de la
batterie de Wolfgantzen, qui s'étalait bien en
face. Une bouffée de fumée blanchâtre jaillis-
sait de terre à la lisière de la forêt du Kastenwald, suivie d'une explosion sourde; l'obus
passait en sifflant sur nos têtes, ou éclatait
près de nous; puis les jets de poudre se succédaient à intervalles méthodiques parcourant
une ligne courbe jusqu'à un point qui marquait l'emplacement du dernier canon, pour

recommencer à l'autre extrémité, et ainsi
pendant des heures et des heures. On se livrait
à des observations comparatives sur la rapidité des projectiles lancés par chacune des
pièces, sur leur nombre, leur régularité, leur
précision. L'une d'elles, connue de toute la garnison, avait été baptisée : L'*Express*, à cause de
sa voix métallique stridente, et de la vitesse
vertigineuse de ses projections.

On épiait les mouvements de l'assaillant,
qui relevait ses sentinelles placées à une distance où elles n'avaient rien à craindre de la
portée de nos fusils à tabatière. Tout à coup,
dans la plaine inanimée surgissaient des cavaliers espacés se suivant en file indienne. Ils se
lançaient au galop, s'arrêtaient à des endroits
déterminés, sautaient à terre et disparaissaient
dans des trous. Le factionnaire remplacé sortait alors de sa fosse, enfourchait le cheval, et
s'éloignait à toute vitesse. On notait avec soin
la direction sur le petit mur de gazon, au
moyen de points de repère qui étaient mis à
profit pendant la nuit.

Dès qu'elle commençait à tomber, les hommes de garde aux chemins couverts avaient
ordre de tirailler sur l'étendue de leur front.
Cent cartouches par tête étaient distribuées à

cet effet. Ce tir incessant jusqu'au jour était destiné à gêner les travaux de l'ennemi, qui profitait de l'obscurité pour creuser de nouvelles tranchées et avancer la ligne de ses avant-postes. Cette manœuvre le contrariait sans aucun doute, car elle provoquait de sa part de violentes ripostes dans lesquelles les schrapnels se mettaient de la partie.

Les chemins couverts offraient alors un coup d'œil féerique. Et plus d'une fois, il m'est arrivé de laisser chômer l'arme que j'avais entre les mains, pour m'oublier dans la contemplation de ce merveilleux spectacle.

Sous la nuit noire, le cercle formé par les tirailleurs autour de la ville s'embrasait sur sa circonférence d'une ligne de fusées enflammées jaillissant des fusils en l'air. La fusillade devenait générale, son bruit strident et saccadé venait encore s'ajouter à la voix des canons qui ne se taisait jamais.

Au-dessus de la ville qui flambait, le ciel se teignait d'une auréole sanglante. De tous les points de l'horizon surgissaient des nuées rouges, semblables à d'énormes flammes de Bengale, qui se succédaient à la file, régulièrement, chaque fois qu'une pièce en batterie lançait son projectile.

Tout servait de but à notre tir de hasard. Le moindre objet auquel l'obscurité donnait une forme vague était aussitôt considéré comme un Prussien, et immédiatement criblé de balles avec une émulation pleine d'entrain. Dans la direction des points de repère établis pendant le jour sur le mur de terre, et censés figurer la position des avant-postes assiégeants, partaient des feux de peloton nourris. Parfois, on reprenait haleine, pour se réchauffer au canon brûlant de son arme.

La nuit s'écoulait relativement vite, grâce à l'animation de la poudre. Le jour naissant éclairait les épaules surmontées de la couverture grise, perlée de gouttes de rosée, les cheveux et les barbes poudrées à frimas par la gelée blanche, les visages noirs de la fumée crachée par les tabatières encrassées. Le moment de la délivrance approchait. L'estomac vide ou a peu près depuis la veille au matin, les yeux gonflés de sommeil, on s'acheminait d'un pas rapide vers la casemate désirée, sans nul souci des éclats. Nous avions foi maintenant en notre invulnérabilité. N'étaient-ils pas tombés impunément autour de nous depuis vingt-quatre heures ?

Le 8 novembre, je reprenais encore la garde

à la tenaille 9, étroit couloir taillé sous le
second rempart, et aboutissant à une contregarde armée de ses canons en plein service.
L'ennemi s'acharnait à éteindre leurs feux
désagréables. Les coups venaient battre la
maçonnerie précisément à l'endroit de la
tenaille, et rendaient ce poste périlleux, ainsi
que le démontraient les trous énormes creusés
par les obus de chaque côté de la porte du
réduit. Un projectile mieux avisé, enfilant
l'entrée non blindée de ce boyau, aurait broyé
tous ses défenseurs.

Je vis pendant une de mes factions, entre
dix heures et minuit, les artilleurs quitter leur
poste les uns après les autres et s'enfoncer
sous le magasin voûté de la contregarde, où
se trouvaient les munitions. Je n'attachai
pas d'autre importance à la disparition générale des servants, qui me parût néces-
sitée par l'obligation de renouveler la provision épuisée, bien que le fait en lui-même
d'abandonner les pièces, sans qu'un seul
homme veillât auprès d'elles, me parut tout
au moins étrange en pareil moment. Combien
n'étais-je pas éloigné d'en soupçonner le
véritable motif!

Au bout d'un instant, les artilleurs re-

viennent chargés de barils qu'ils inclinent
sur le bord des fossés. Comment expliquer
ce maniement de poudre en plein découvert,
dans l'obscurité, sous le feu incessant de la
batterie de Wolfgantzen ? Vivement intrigué,
je m'approche. Les tonneaux, défoncés avec
précaution au moyen de maillets de bois,
étaient vidés dans l'eau. J'apprends alors
qu'un ordre émanant de la place enjoint de
ne plus conserver qu'une quantité déterminée
de kilos de poudre, dont la faible quotité me
parut significative. Je demeurai stupéfait.

A six heures du matin, en reprenant la
garde, je vis les artilleurs toujours occupés à
leur sinistre besogne. Ils m'apprirent qu'un
contre-ordre était survenu, prescrivant de ne
plus garder que cent kilogrammes de poudre
par ouvrage. Aucun doute ne subsistait : le
dénouement n'était plus qu'une question
d'heure.

Les Mobiles, au réveil, en voyant les eaux
noires des fossés charrier des flots de poudre,
disaient dans leur pittoresque langage : « La
farce est jouée ; le commandant vient de fabri-
quer de l'encre pour signer la capitulation. »

Ces préparatifs non équivoques, avant-cou-
reurs d'une reddition imminente, causèrent

une stupeur profonde dans la garnison. Ils la surprirent par leur brusque mise à exécution sans avertissement préalable. Le mutisme traditionnel, qui avait régné pendant toute la période du siège, était toujours à l'ordre du jour. Aucune proclamation, aucun rapport quelconque lu aux troupes, n'expliqua ou ne motiva une décision, que les mesures prises les jours précédents, ne permettaient pas d'entrevoir à si brève échéance.

L'idée de la résistance avait été généralement acceptée comme une nécessité inévitable, comme une de ces fatalités qui s'imposent sans discussion. On s'écriait bien dans les moments difficiles : Quand donc tout cela finira-t-il ? Mais au fond, l'impression qui domina, lorsque la nouvelle de la noyade des munitions se répandit, fut la surprise. Personne ne la voyait arriver ainsi, à l'improviste, en dépit des pronostics tirés de la mort du commandant Marsal, et surtout après les travaux exécutés pendant le bombardement, qui avaient ancré dans les esprits la perspective d'une défense prolongée.

La garnison démoralisée jeta le manche après la cognée. Son rôle était terminé, il ne lui restait plus qu'à évacuer la place. C'était la conséquence logique de la situation. Les choses ne se passèrent pourtant point ainsi.

Les poudres avaient été détruites dans la nuit du 8 au 9 novembre ; la reddition n'eut lieu que le 10 à une heure du soir. Cette invraisemblable anomalie dispense de tous commentaires. Je jette un voile sur l'état de rage et de mécontentement des troupes, obligées, après l'anéantissement des moyens de défense, d'exposer inutilement leur vie, pour jouer le rôle de simples figurants dans les ouvrages, pendant cette période de plus de 48 heures.

Le 9 novembre, au soir, mort d'un de nos amis, d'une compagnie logée dans la même casemate que la nôtre. Le voisinage avait établi entre cet infortuné et notre groupe, des rapports fréquents, vite transformés en liens amicaux sous l'influence de la communauté de misères et de privations. Tous, nous admirions le sang-froid imperturbable et le courage exempt de forfanterie, déployés par notre jeune camarade dans l'accomplissement de ses périlleuses fonctions de fourrier, dont les exigences multipliées l'appelaient constamment au dehors sous le feu. A la suite de la noyade des poudres, il résolut, en prévision de la captivité prochaine, de coudre aux man-

ches de sa vareuse, les galons du grade auquel
il venait d'être promu pour sa belle conduite.
Fuyant la casemate trop obscure et le bous-
culement de ses hôtes remuants, qui l'eussent
gêné dans sa besogne, il s'installe avec une
imprudente insouciance du danger dans une
cabane en planches. Quelques instants après,
un obus, éclatant à ses côtés, le tuait raide. Je
revois encore, à travers une vision sanglante,
le réduit criblé d'éclats, le cadavre défiguré,
et une main ornée d'une bague en diamant,
qui, violemment projetée par l'explosion, pendait clouée au plafond. Pauvre et chère bar-
raque, dont l'édification laborieuse accomplie
avec des matériaux dérobés aux incendies,
avait occupé nos heures de loisirs, qui eût dit
qu'un jour tu servirais de tombeau à l'un de
ceux dont les rires ébranlèrent si souvent tes
fragiles parois de sapin !

En vertu des ordres donnés, la place épui-
sait ses dernières munitions dans un feu ver-
tigineux qui provoquait les ripostes furieuses
de l'assiégeant. Les canons sur le rempart, les
fusils aux chemins couverts, tiraient à toutes
volées, sans direction, sans but, au hasard.
Dernier hoquet de l'agonie commencée ! Epou-
vantable convulsion de la rage impuissante et

du désespoir aux abois! Râle suprême, d'une ville en cendres, qui expirait sous ses ruines fumantes!

Ce fut une horrible nuit que celle qui précéda le jour de la reddition. La plume s'arrête paralysée devant la majesté de pareils spectacles. L'œil qui a vu, conservera toujours la vision fantastique des lueurs entrevues, l'oreille qui a entendu, gardera toujours l'écho lugubre des roulements de ce glas funèbre de la capitulation sonné à pleins poumons par les voix de bronze emballées. Rouge cauchemar, qui vient encore, malgré les années écoulées, jeter du feu et du sang dans mes rêves!

Le lendemain, 10 novembre, à 1 heure et demie de l'après-midi, le drapeau blanc fut hissé au sommet du clocher de l'église.

Tous les regards braqués dans sa direction contemplaient douloureusement cet emblème de paix, qui annonçait la fin d'une lutte inégale.

Bientôt, à ce signal, le feu de l'ennemi se ralentit peu à peu; quelques projectiles isolés tombaient encore çà et là à intervalles plus rares. On eût dit que nos vainqueurs se résignant avec peine, ne se décidaient qu'à

regret à mettre un terme à leur œuvre de destruction. Puis un grand silence régna, succédant tout à coup solennel, imposant, sinistre,
aux mille bruits éteints. Effet saisissant que
celui produit par ce calme insolite après
l'horrible vacarme. L'oreille brisée par l'avalanche perpétuelle des détonations et des éclatements, meurtrie par leurs vibrations, s'in-
quiétait de cette accalmie d'une pesanteur
inouïe. Une étrange impression de malaise
se dégageait de cette atmosphère maintenant
tranquille, emplie seulement des fumées de
l'incendie, qui s'élevaient droites et bleues
vers le ciel.

Le bombardement avait duré neuf jours et
huit nuits sans interruption. Pendant plus de
deux cents heures, la ville et les remparts,
avaient essuyé, sans une minute de répit, les
bordées des canons allemands.

L'esprit abasourdi se demandait en contemplant les ravages causés, comment des êtres
humains avaient réussi à vivre, sous une pareille trombe de fer, sans être anéantis jusqu'au
dernier. Et cependant, la réflexion aidant, l'ob-
servateur se posait la question de déterminer
la quantité de métal proportionnellement nécessaire pour détruire une créature vivante.

Le résultat obtenu d'un côté, et de l'autre, le
sol jonché de fragments et d'éclats de tous
genres, révélaient que cette quantité n'était
pas moindre que des milliers de kilogrammes
par tête.

Je regrette de n'avoir pas trouvé un docu-
ment certain, indiquant le chiffre des hommes
tués ou blessés pendant le siège. Il eût été intéressant à consulter.

La garnison de Neuf-Brisach, relativement
peu éprouvée par le feu, devait payer un large
tribut à la maladie. Car, ainsi que les statistiques le prouvent, ce ne sont pas les batailles,
même les plus sanglantes, qui sont les plus
meurtrières, mais les fatigues, les privations,
les épreuves physiques et morales d'une longue
campagne. En outre du fer qui frappe au
hasard, la loi de la sélection naturelle accomplit son œuvre impitoyable.

Dès que le tir de l'ennemi eut cessé, la ville
offrit un curieux spectacle. Les rues mornes et
désertes s'emplirent d'une animation qu'elles
ne connaissaient plus. De toutes les casemates,
de tous les réduits, des souterrains, des caves
surgissaient des essaims de revenants portant
sur leurs visages la poudre et la crasse de
neuf jours et huit nuits de bombardement. A

voir les teints noirs et bronzés, on eût dit qu'ils avaient été hâlés par les morsures d'un soleil africain. Les pompes et les abreuvoirs furent pris d'assaut. La comparaison virgilienne du cerf altéré à la recherche d'une fontaine serait bien pâle pour exprimer cette « furia » très naturelle après une longue privation. Car quelques minutes auparavant, une goutte d'eau cherchée sous le feu, c'était peut-être la mort. A peine en buvait-on à sa soif. En un instant, les torses mis à nu, ruisselaient sous des flots de savon.

La lessive achevée et la rage de boisson assouvie, on se mit à parcourir la ville et les remparts, par groupes, entre amis.

La poudrière de la porte de Colmar achevait de s'effondrer. Une tour ne laissait plus soupçonner qu'elle eût jamais existé, que par le monceau de démolitions qui en marquait l'emplacement. A terre aussi, la porte de Strabourg, voisine de notre casemate, dont la proximité nous avait privés de tant de soupes et procuré un sommeil si agité. Les pierres de taille brisées de ses puissantes voûtes couvraient le sol. Les bombes, les obus avaient creusé des souterrains dans les remparts, ouvert des vallées, comblé des fossés. Minés à leur base, les murs de certaines casemates ne se maintenaient plus debout que par la force de l'habitude et de l'équilibre. Les grands arbres renversés jonchaient le gazon de leurs branches hachées par la mitraille. Ce fut en ce moment que nous apparut encore plus clairement la supériorité de l'artillerie allemande.

Quant à la ville même, elle avait peut-être plus souffert que sa ceinture de murailles. Elle offrait l'aspect lamentable d'une immense carrière ou plutôt d'un vaste four à chaux. De lourdes colonnes de fumées s'élevaient pesamment au-dessus des ruines, complétant l'illusion d'une façon saisissante. Le tir de l'ennemi avait nivelé les sommets. Seul le clocher de l'église surplombait au dessus du toit éventré de l'édifice sacré. Quelques maisons, plus solides que les autres, ou moins endommagées par les hasards du projectile, rompaient la monotonie de la ligne des décombres. En pénétrant dans leur enceinte, on éprouvait un sentiment de malaise pareil à celui qui saisit le passant devant la porte ouverte d'une chaudière chauffée à blanc. La multitude des foyers couvant sous la cendre plaquait sur la figure des promeneurs des bouffées de chaleur latente. Une vague angoisse d'asphyxie planait à travers cette atmosphère d'étuve, imprégnée d'irritantes odeurs de roussi.

Des pans de murs, minés par le feu, s'écroulaient avec fracas, soulevant des nuages d'une poussière suffocante. Les flammes, attisées par le moindre souffle d'air, léchaient les murailles debout, avec de petits crépitements sinistres, ou précipitaient leurs gerbes au travers des ouvertures. Des meubles brisés pendaient aux fenêtres, des plafonds à demi-effondrés conservaient les vestiges de la vie d'intérieur, subitement interrompue, une table dressée attendant ses convives, un lit non défait, une horloge respectée par la fantaisie des boulets, qui marquait encore l'heure sous les battements de son long balancier. Au milieu de cette désolation erraient des habitants, luttant isolés, pied à pied contre l'incendie, lui arrachant des lambeaux de mobilier à moitié consumés. Dans les rues, des cadavres de chiens, de chevaux et de bœufs, gisaient éventrés, sanglants, quelques-uns déjà corrompus.

Ainsi, Neuf-Brisach, le chef-d'œuvre de Vauban, avait vécu. Les siècles avaient marché, et avec eux les évènements, donnant raison à cette définition d'un penseur : « Le « progrès est l'écroulement perpétuel de tous

« les efforts laissant debout une faible partie
« de ce qu'ils ont édifié. »

Ce spectacle serrait le cœur.

Excédés par une monotonie lugubre dans
l'horreur et le grandiose, nous éprouvions l'impérieux besoin de nous arracher à la vue des
ruines de cette cité alsacienne, que nos mains
impuissantes n'avaient pas su défendre. Navrante est l'impression qui se dégage des lieux
où une lutte a passé. Toute œuvre de destruction réalisée par la main des hommes exhale
une tristesse indicible et une mélancolie mortelle.

Songeurs, nous regagnions la casemate. Au
détour d'une rue, nous jetâmes un dernier regard sur ce lambeau de la patrie qui bientôt
devait en être séparé. Et à ce moment, si dé-
sespérée fut l'amertume de notre adieu suprême à ce petit coin de terre où les destinées
s'étaient accomplies par le « fer et le sang », si
poignante fut notre émotion, que des larmes involontaires montèrent de nos cœurs à nos yeux.

« Sunt lacrymæ rerum. »

Il y a des choses d'où jaillissent les pleurs !

La nuit tombait.

Déjà les sentinelles allemandes, à quelques
mètres des chemins couverts, déployaient leur

noir cordon, resserrant les mailles du réseau, dans lequel s'agitait la proie humaine, réservée pour la captivité. La veillée se prolongea au milieu des préparatifs de départ, troublés par les excès commis, à la faveur du relâchement de la discipline. Sous le prétexte de ne rien laisser tomber aux mains de l'ennemi, une bande de pillards s'introduisit dans les magasins militaires et défonça les tonneaux de vin et d'eau-de-vie. Les héros de cette ignoble orgie expièrent cruellement, pendant la marche du lendemain, leurs scandaleux égarements.

Au jour naissant, chacun pourvut de son mieux à sa nourriture. Une parcimonieuse distribution de lard cru eut lieu, malgré l'abondance des vivres en magasins, qui furent abandonnés intacts à nos vainqueurs. Aucune provision de route, ne fut remise aux troupes, qui pâtirent toute la journée de la coupable négligence de ceux qui avaient charge de pourvoir à leurs besoins.

Une prolonge d'artillerie gisait éventrée devant la casemate. Aussitôt les tabatières furent démontées, et enterrées ou jetées dans l'eau des fossés, les canons des fusils faussés à grands coups contre les roues, les baïonnettes, converties en tire-bouchons. Tout ce qui n'était pas emportable, tout ce qui était susceptible d'un profit ou d'une utilité quelconque pour l'ennemi fut précipité dans un immense brasier et consumé par les flammes. La matinée s'écoula rapidement au milieu de ces apprêts sauvages.

Le rappel sonnait.

Les Allemands sous les armes entouraient la place. Le bataillon du Rhône, formé de front sur deux files, se plaça le long du rempart, dans l'intérieur de la ville, en face de ses casernements. L'instant solennel de la reddition approchait. Un silence effrayant pesait sur les rangs mornes. On s'attendait à voir apparaître le gouverneur, à entendre sortir de sa bouche quelques paroles imposées par la circonstance. Mais le mutisme traditionnel ne se démentit même pas à ce moment suprême. Seul, notre commandant, en quelques mots émus, qui arrachèrent des pleurs à tous, nous adressa ses éloges et ses adieux. Son allocution se terminait par un appel désespéré à la Providence, en faveur de notre malheureux pays. Cet appel, exprimé en termes simples et dignes, remua les cœurs. L'émotion fut générale et profonde. Elle était telle à cette minute, que s'il eût été possible matériellement de revenir sur le fait accompli de la capitulation, la grande majorité des Mobiles n'eût pas hésité à échanger la certitude présente de la vie sauve, acquise au prix des hontes de la captivité, contre les misères, les épreuves et les chances d'une lutte nouvelle.

Il était neuf heures.

Le bataillon s'ébranla, défilant par la porte de Bâle, déjà occupée par un poste de soldats du génie allemand, qui lui présenta les armes, en vertu de la clause de la capitulation, accordant à la garnison *les honneurs de la guerre.* La population de Neuf-Brisach groupée sur le rempart lançait à voix basse, à notre passage, des cris répétés de : Vive la France. On entendait dans les rangs silencieux des sanglots étouffés. Tous les yeux étaient humides.

Le général de Schemling, entouré de son état-major, assistait en dehors de la ville au défilé des troupes prisonnières. Les Allemands, massés en ordre de bataille, occupaient la plaine qu'ils garnissaient de leurs nombreux bataillons. Leur sauvage musique emplissait l'air des sons aigus de la petite flûte, mariés au roulement des tambours , dont le timbre étrange, surprenait nos oreilles françaises. Et le drapeau aux couleurs de catafalque, noires et blanches, déployait ses plis lugubres sur la scène navrante de la reddition des armes.

Les fusils jetés sous les yeux de l'ennemi, qui regardait avec étonnement les débris bizarres de nos lambeaux de tabatières, formèrent bientôt d'immenses entassements. Un rang de soldats allemands barrait la route ; cent prisonniers désarmés se plaçaient derrière ; un second rang de soldats allemands fermait le détachement. Sur les flancs de la petite troupe, galopaient des ulhans, la lance au poing.

La garnison ainsi répartie forma deux colonnes, qui passèrent le Rhin, l'une en face du Sponeck, l'autre, dont je fis partie, en face de la ville de Vieux-Brisach.

Les émotions tristes soulevées par la cérémonie qui venait de s'accomplir s'évaporaient peu à peu, sous l'action dérivative de la marche. Nos premiers regards se portèrent sur nos geôliers qui étaient des Poméraniens. Rarement, j'ai vu des faces plus hirsutes. Leurs longs cheveux et leurs longues barbes sales, contribuaient à leur donner cet aspect poilu et sauvage particulier aux races du Nord. En revanche, leurs vêtements confortables

étaient presque propres. Plus pitoyables et
plus lamentables paraissaient les défroques
et le dénuement des Mobiles, à côté des chaudes et amples capotes, des bottes, des sacs de
peau, des marmites pourvues de vivres, des
bidons pleins d'eau-de-vie de leurs vainqueurs.
Et véritablement à ce moment-là, nous ressem-
blions plutôt à une bande de mendiants dégue-
nillés conduits en prison par la gendarmerie,
qu'à de vrais soldats.

Nos conducteurs marchaient pesamment,
lourdement, tout d'une pièce, fumant sans
relâche une longue pipe en porcelaine peinte,
attachée à une sorte de sautoir qui passait autour de leur cou, ainsi qu'un cordon de lorgnon. Quand elle chômait, il la rejetait en
arrière dans leur dos, d'où elle pendait, formant comme une partie intégrante de l'équipement. Leurs poches regorgeaient de tabac et
de cigares, provenant des libérales distribu-
tions qui leur en étaient faites. Quelques-uns,
plus courtois que les autres en offrirent à leurs
proches voisins : *Kamerad, ein cigarren ?* La
conversation s'engageait alors par gestes,
éteinte bientôt sous les minces ressources de
ce langage primitif, qui donnait souvent lieu
à des quiproquos amusants.

L'intarissable esprit français, toujours à l'affût de la note comique, trouvait, dans la différence des idiomes, une mine fertile en scènes désopilantes, qui, bon gré mal gré, provoquait le rire général.

Un fumeur doublé d'un farceur, avisant un Poméranien, à la tournure grotesque, à la face bestiale, lui demandait un cigare, le sourire aux lèvres, et de son air le plus gracieux. La requête repoussée, le Mobile faisait tinter de la monnaie dans le fond de sa poche. Le Poméranien s'humanisait subitement. Et le monologue suivant s'engageait, émaillé de gestes et de signes :

— Ah! si tu ne comprends pas le français, vieille bourrique, tu comprends la danse des monacos. — Tu veux pas me lâcher un cigare, espèce de pingre, modèle de Gambier! — Tiens, v'là un rond — Deux ronds pour un cigare! va te cacher vieux filou! — Tu voudrais peut-être une pendule pour pendre au dessus de ton pucier! — Oh! là là! tu te mouches pas du coude! — Si je te donne mon ognon, qu'est-ce qui me restera pour mettre au clou en rentrant à Lyon! Aboule-moi donc deux crapulos pour un rond, pot à choucroute, sac à bière! — Non, tu dis non, tête de pipe —

Eh! les gônes, reluquez-moi donc cette binette d'alboche! Si ta colombe te ressemble, elle est rien chouette. — Tu ne veux pas décidément ? . . . . Eh bien! zut pour toi et ta sœur, gros punais!

Et le loustic égrenait un interminable chapelet d'épithètes populacières, dont je ne donne qu'une variante très atténuée. Le contraste entre ce langage grossier et méprisant, et la mimique de l'attitude souriante, de l'affabilité polie, d'autant plus exagérée que l'insulte était plus vive, engendrait des effets de comique intense, qui, bon gré mal gré, déridait les fronts sérieux et dissipait les humeurs maussades.

Nous traversâmes plusieurs villages alsaciens occupés par l'ennemi. Leurs habitants sur les portes nous regardaient passer, indifférents, sans témoigner la moindre marque de sympathie. Nous aperçumes dans les champs les puissantes batteries, muettes maintenant, qui avaient craché leur feu pendant tant d'heures sur nos têtes. D'énormes pièces de siège, déjà installées sur des crapauds gigantesques, étaient prêtes à rouler vers Belfort. Nous saluâmes au passage, des cris

de Vive la France, aussitôt réprimés par nos
geôliers, les ruines du petit fort Mortier, au-
dessus desquelles flottait comme un emblème
de deuil, le funèbre pavillon noir et blanc.

Nous atteignîmes le Rhin, au pied de
Vieux-Brisach, pavoisée d'oriflammes aux
couleurs badoises.

Le fleuve fut traversé au moyen de trois
barques plates, dans lesquelles les prisonniers
s'empilèrent, escortés de leurs convoyeurs.
Cette longue opération commencée sur les
dix heures du matin, ne fut terminée qu'à la
nuit, vers les cinq heures du soir.

Pendant ce temps, les premiers arrivés,
entassés sur l'étroite place de Vieux-Brisach,
dont toutes les issues étaient gardées par des
pelotons de uhlans, stationnaient mornes et
impatients sous les regards joyeux et moqueurs des habitants accoudés aux fenêtres.

Quelques maisons portaient la trace de nos
projectiles, qui étaient venus fouiller ce repaire
badois, dont la race hypocrite avait protesté
contre ce bombardement d'une ville soi-
disant ouverte. Il est juste d'ajouter que
cette ville ouverte avait profité de son im-
munité conventionnelle, en installant une
batterie sur la plate-forme même de sa cathé-

drale, d'où elle nous lançait des obus sans
doute bénits !

Debout, transis, nous attendîmes de longues heures, en proie au martyr de la faim et
de la soif, sans que l'impitoyable cordon des
sentinelles, esclaves d'une consigne sévère,
nous permît de les apaiser aux boutiques de
comestibles qui bordaient la place. Vrai supplice de Tantale s'il en fût !

Pendant cette pause, nous eûmes l'occasion
d'assister à une scène barbare, qui nous procura comme un avant-goût de la discipline allemande, et nous permit d'augurer à l'avance,
sur cet échantillon, des jouissances que l'application de ses procédés nous ménageait.

Un ulhan de notre escorte avait commis
une faute quelconque. Le commandant du
détachement s'avance, adresse une violente
diatribe au délinquant, et, en guise de pérorai-
son, lui administre une volée de coups de
poignée de sabre, en pleine figure. La victime
cherchait à esquiver les atteintes, en faisant
pointer son cheval, dont l'encolure lui servait de rempart. L'officier écumant de fureur
apoplectique, debout sur ses étriers, s'escri-
mait à tour de bras, sur l'homme et la mon-
ture. Curieux spectacle, que ce duel équestre

entre compatriotes, où un seul avait droit de
frapper, et bien propre à développer chez des
prisonniers de guerre, des réflexions qui
n'étaient pas précisément couleur de rose !

Indignés, nous frémissions d'une rage
sourde. Hélas ! ce n'était encore qu'un aperçu
approximatif des mauvais traitements et des
coups qui devaient pleuvoir sur nos épaules,
avec une profusion encore impossible à deviner.

La nuit tombait. Enfin la colonne impa-
tiente s'ébranle, préludant à une marche lugubre, qui est demeurée parmi les plus noirs
souvenirs de notre odyssée militaire.

La ville entière était sortie de ses demeures
pour assister au départ des prisonniers, dont
l'équipement en loques excitait les railleries
de la foule. Le cortège circulant entre une
double haie de curieux, déployait ensuite sa
longue file à travers les sinuosités d'une
route de montagne. Si nous avions passé
notre temps à jeûner sur la place de Vieux-
Brisach, nos conducteurs avaient employé le
leur à de copieuses libations. Aussi, étaient-
ils presque tous ivres. Une victoire si glorieuse
ne demandait-elle pas à être célébrée, et certes
nos vainqueurs n'avaient pas manqué à la

tradition. Leur ivresse s'accroissait encore à chaque pas, grâces aux fréquentes accolades données aux bidons pleins de schnaps. Ils marchaient avec peine, titubant, trébuchant au moindre caillou, le fusil ballant sur l'épaule, dont la baïonnette décrivait des zigs-zags inquiétants pour les voisins. Les uhlans, peut-être parce qu'ils étaient montés, paraissaient moins ivres que leurs camarades les fantassins. Drapés dans leurs manteaux sombres, semblables à des toucheurs de bestiaux, du haut de leurs grands chevaux ils brandissaient leurs lances sur le bétail humain confié à leur garde, pourchassant avec des cris de fauve celui d'entre nous qui faisait mine de s'arrêter ou de ralentir l'allure.

Pendant les deux première heures de l'étape, tout alla encore tant bien que mal. Mais au bout de ce temps, la faim et la soif firent sentir leurs aiguillons et leurs angoisses, à nos hommes à jeûn depuis le matin. Des symptômes de lassitude et d'épuisement se manifestèrent dans les rangs disloqués des Mobiles, sans sacs, chargés de ballots incommodes et déshabitués de la marche par l'immobilité d'un siège. Le mystère qui planait sur l'inconnu de notre destination, augmentait encore l'inten-

sité du malaise général. Bientôt, des prisonniers à bout de forces tentèrent de s'asseoir un
instant au bord de la route, pour reprendre
haleine, car il n'y avait ni halte, ni arrêt.
Aussitôt des légions de fantassins et de
cavaliers entouraient nos camarades, en
poussant des hurlements de sauvages, qui
ne pouvaient être que des injures, et leur
assénaient des coups de plat de sabres et de
crosses de fusil, jusqu'à ce qu'ils reprissent
leur place. Ces traitements inhumains soule-
vaient nos cœurs gonflés de rage impuissante.
Et fiévreusement, on hâtait le pas pour ne pas
voir.

Le chemin se déroulait toujours sans fin,
traversé par des villages pavoisés et illuminés.
Les pompiers en grande tenue éclairaient notre
passage avec des torches. Malgré l'heure avancée, les habitants se pressaient pour jouir de
la vue du cortège. Il était impossible de se
procurer le moindre aliment, pas plus que
d'apaiser une soif ardente. Devant les fontaines
gardées, une ligne de baïonnettes inexorables
repoussaient les altérés.

Le temps s'était mis au froid, quelques
mouches de neige tombaient sur l'incommen-
surable plaine noire, qui ne trahissait aucune

lueur, donnant l'espoir du terme de l'étape.
Les paquets jonchaient plus serrés la route,
jetés par des malheureux, incapables de se
traîner, qui s'allégeaient de leur fardeau
léger, mais rendu pesant par la fatigue.
Les corps exténués encombraient les fossés ;
des coups sourds, répétés, indiquaient des chu-
tes plus fréquentes. Ceux de nos gardiens
qui avaient conservé un sang-froid relatif
s'acharnaient alors après ces demi-cadavres,
et les coups pleuvaient drus comme grêle. Les
autres, dont l'ivresse n'avait fait qu'empirer,
étaient incapables de fournir une plus longue
traite. Ils s'abattaient lourdement avec les
nôtres, au fond des fossés, où leurs camarades
les laissaient cuver leur alcool.

Je dois avouer que cet écœurant spectacle
ne contribua pas peu à m'enlever la mince
estime que je conservais pour nos geôliers.
C'étaient donc là les produits tant vantés de
cette civilisation allemande, destinée, d'a-
près les décrets de la Providence germani-
que, à régénérer la France corrompue, et dont
les soldats marchaient à la bataille en chantant des cantiques ! C'était donc là le magnifique
résultat de cette discipline à coups de triques
qui enfantait des merveilles ! Nobles et dignes

apôtres, en vérité, du Kulturkampf, que ces brutes, qui n'avaient plus rien d'humain.

Quoique prisonnier, vaincu et humilié, j'éprouvais un sentiment d'orgueil et de supériorité à la vue de mes vainqueurs, en proie aux manifestations effroyables de l'ivresse engendrée par l'alcool. Et fièrement je redressais la tête au souvenir de cette pensée consolante d'un moraliste qui a dit : Que toutes les statistiques sur l'ivrognerie sont d'accord pour répondre que l'intensité des ravages de l'épidémie alcoolique est proportionnelle aux misères et à la pesanteur du joug qui oppresse les populations.

Il y a certainement un étroit rapport entre la discipline de fer allemande et les habitudes d'ivrognerie des soldats.

Plus tard, en lisant Schopenhauer, je fus frappé de ce passage caractéristique :

« Lichtenberg compte plus de cent expres-
« sions allemandes pour exprimer l'ivresse.
« Quoi d'étonnant, les Allemands n'ont-ils pas
« été, depuis les temps les plus reculés, fameux
« par leur ivrognerie ! »

Ainsi, captif seulement depuis quelques heures, le premier aspect sous lequel m'apparaissait l'Allemagne victorieuse, était celui de

13

l'alcoolisme, celui-là même constaté dans les lignes ci-dessus, issues de la plume d'un de ses fils.

Qu'il eût été presque facile à certains moments de recouvrer la liberté, et véritablement, le coup eût été tentant avec pareille escorte en territoire français ! De grandes chances de réussite auraient milité en sa faveur. Mais comment exécuter ce plan, sans entente préalable, sans direction, sans action commune concertée, avec des gens exténués, dans un pays hostile, inconnu, dont la langue nous était étrangère. Seuls les uhlans risquaient de contrarier cette tentative. Ils sommeillaient à demi dans le collet relevé de leurs manteaux, chevauchant à travers les terres, de chaque côté de la route, tenus éveillés par les faux pas de leurs chevaux aussi fatigués qu'eux, qui buttaient à tout instant dans l'obscurité.

L'ivresse et la lassitude des fantassins avaient atteint un degré tel qu'une simple poussée suffisait à les jeter au fossé. Une bande de ces vrais soldats français qu'aucune souffrance physique ou morale n'a le don d'abattre, et qui conservent en toutes circonstances une inaltérable gaîté, cherchait à se distraire des ennuis de la route, en s'amusant à ce jeu dangereux. C'était plaisir de les voir opérer, et longtemps, mes amis et moi, nousprîmes intérêt à observer leur curieux manège.

Ils choisissaient leur homme, l'entouraient, essayaient de lier conversation, le plaignaient, offrant de porter son sac, de le débarrasser de son fusil. Une fois en possession de l'arme, qui pouvait devenir dangereuse sous une révolte subite de la brute, le tour était joué. Un vigoureux et adroit croc-en-jambe envoyait l'ivrogne s'abattre dans le fossé. Incapable de se relever ou se trouvant bien, il y restait étendu. Quelques pas plus loin, le fusil prenait la même destination que son propriétaire. Nos espiègles détalaient alors à toutes jambes, au milieu des éclats de rire, et se mettaient en quête de nouvelles victimes.

Pendant cette longue et douloureuse marche, des détonations répétées ne cessèrent de retentir sur les derrières de la colonne. Quelle en était l'origine ? Certains m'ont affirmé qu'elles provenaient des exécutions sommaires pratiquées sur les traînards qui, à bout de forces, refusaient de marcher. A défaut de renseignements positifs, j'incline à croire que ces bruits, de nature suspecte, n'étaient que ceux produits par les boîtes et les pétards tirés en signe de réjouissance publique dans les villages que nous avions traversés. La première version me répugne, bien que des suppositions de ce genre deviennent vraisemblables, quand il s'agit de soudards en proie à la fureur alcoolique et, par suite, insensibles à toutes notions d'humanité.

Combien de réflexions philosophiques ont agité ma cervelle pendant ce calvaire ? Les circonstances ne se prêtaient-elles pas à des considérations opportunes, sur l'instabilité des choses humaines, sur la diversité des conditions, les bizarreries de la destinée, ainsi qu'à des comparaisons fertiles en contrastes. Quant à l'avenir...... Ma foi, comme la résignation est au fond le secret de la vie, je ne le considérais plus qu'avec une indifférence fataliste. Certainement il ne serait jamais ni pire que le passé déjà loin, ni plus douloureux que l'heure présente, où je cheminais souffrant de la faim, souffrant de la soif, les pieds endoloris, les épaules meurtries sous le poids de mon sac, buttant contre tous les cailloux, dans un état voisin du somnambulisme. Mon sac ! J'avais juré de ne pas m'en séparer. Si l'épreuve était au-dessus de mes forces,

jamais je n'aurais consenti à le jeter en guise
de lest sur le bord de la route. Si j'étais destiné à tomber, il tomberait lui aussi en même
temps que moi et vissé sur mon dos.

Ce n'était certes pas son contenu : deux
paires de chaussettes, une chemise, des souliers
de rechange, qui excitait mon amour de conservation. Non, mais cet ustensile presque inconnu dans notre bataillon était un cadeau.
Ma mère avait trouvé le moyen de me l'expé-
dier quelques jours avant l'investissement de
Neuf-Brisach.

Quelle joie de découvrir entre ses flancs de
toile grise des saucissons de la ville natale et
des londrès ! Le dernier cigare de la provision,
mis en réserve, ne devait être fumé que le
jour du retour en France, ce qui fut religieuse-
ment exécuté.

Enfin, des lueurs lointaines apparurent dans
la nuit, rendant l'espoir et le courage aux plus
désespérés. Elles grossissaient lentement, mais
chaque pas en avant les montrait plus distinctes.
Encore un dernier effort, le terme de l'étape
est là-bas, sous cette auréole jaunâtre de gaz,
qui teint de safran tout un coin de l'horizon
noir!

Combien piteuse fut notre attitude en

entrant dans Kissigen, dont la population entière, debout malgré l'heure tardive,
nous reçut à la lueur des torches, en poussant
des hurras de victoire qui faisaient baisser
les têtes. De chaque côté de la rue principale
s'élevaient d'immenses tables garnies d'é-
cuelles pleines de soupe au riz. Des seaux d'eau
placés à terre de distance en distance permi-
rent aux mobiles d'apaiser leur soif ardente.
Les habitants circulaient autour des prisonniers
qu'ils contemplaient ainsi que des bêtes curieuses.

Après ce sommaire repas pris à la hâte, nous
fûmes empilés dans des wagons de troisième
classe et de bestiaux. Il était trois heures du
matin quand l'immense train s'ébranla.

Au jour levant, nous passions devant la
sombre forteresse de Rastadt. Nous traversâmes successivement Darmstadt, Weimar,
Berba, Erfurth, inconscients, abrutis, n'ayant
plus aucune notion des lieux et des choses, réduits à l'état de colis.

Le train ne stationnait que très-rarement
dans les gares. Il s'arrêtait à de longs intervalles en plein champ, pour permettre seulement la satisfaction de besoins indispensables.

La nourriture n'était donnée que toutes les vingt-quatre heures et toujours la nuit. Des coups frappés contre les parois du compartiment indiquaient la distribution. Par la porte ouverte, des ombres silencieuses glissaient une marmite de bouillie. Dix minutes après, les mêmes ombres retiraient le récipient. En dépit de nos misères, nous éclations de rire à la vue de la jatte, posée au milieu du wagon de bestiaux, qui nous rappelait la façon de servir leur pitance aux fauves dans les ménageries.

Je ne décrirai pas les inexprimables tortures physiques endurées pendant un interminable parcours de trois jours et trois nuits. Le froid était déjà rigoureux, la neige tombait. Les membres engourdis, les pieds gelés, la circulation du sang interrompue, les nerfs paralysés, les muscles atrophiés par une immobilité forcée dans des espaces trop étroits, dans des positions incommodes, tout contribua à transformer ce voyage en supplice.

Le matin du quatrième jour mit fin à notre martyre. Le train s'arrêta définitivement devant les quais de la gare de Dresde.

Dresde.

Ce fut un concert lamentable de plaintes et de cris de douleur à la descente des wagons. Les jambes enflées refusaient leur service. Des malheureux s'abattaient, incapables de se tenir debout. D'autres, les pieds nus, dans l'impossibilité de remettre leurs chaussures, se traînaient péniblement, en s'appuyant sur les épaules de camarades plus valides. L'ambulance de la gare s'emplit d'écloppés. Le reste, qui avait mieux résisté à l'épreuve, s'achemina cahin-caha, escorté d'un détachement de soldats saxons, vers Alaun-Platz. Nous fûmes internés dans l'*exercis-haus*, construction légère, sorte de vaste hangar destiné, ainsi que son nom l'indique, à abriter les maniements d'armes de l'infanterie pendant la mauvaise saison.

Un plancher mobile jeté à mi-hauteur de la voûte divisait l'édifice en deux compartiments. Celui du bas servait de réfectoire et de salle des pas perdus, celui du haut de dortoir. Des paillasses alignées en longues files s'aplatissaient sur les lattes de sapin. Devant l'exercis-haus un étroit préau sablé, entouré de hautes clôtures en planches, et une pompe à bras ; en face le champ de manœuvre d'Alaun-Platz, à gauche une rue. Les locataires de la maison située devant la porte d'entrée avaient évacué leur domicile pour céder la place à un poste de soldats qui surveillaient nos faits et gestes, en sus des sentinelles déployées tout autour de l'enceinte des prisonniers. A chaque fenêtre des étages supérieurs était braquée la gueule noire d'un canon chargé et pointé, prêt à faire feu, à la moindre tentative de rébellion.

Tel était l'aspect des lieux qui furent notre prison pendant les longs mois de captivité qui nous étaient réservés, et dont les portes ne devaient s'ouvrir pour les plus fortunés que vers le mois de mars suivant.

Les premiers moments furent sinon agréables (bien que tout soit relatif) du moins supportables. Un été de la Saint-Martin, d'une douceur exceptionnelle, nous prodigua une série de beaux jours, où le soleil tiède et lumineux jetait sa note gaie. Le brusque passage d'une longue période de misères et de dangers à une situation relativement tolérable n'était pas dénué d'un certain charme comparatif. La nouveauté, le changement d'existence, le repos absolu, l'absence presque totale de devoirs et d'obligations, l'oubli momentané de nos anciennes épreuves empêchèrent de sentir le poids des premiers jours de la captivité. Nous ne souffrions pas encore de la privation de la liberté. Et, sous certains rapports notre réclusion évoquait le rappel de la vie de collège. Des parties monstres de barres, de tapes et d'ours s'organisaient dans l'après-midi sur le sable du préau. Deux fois, nous fûmes conduits en pro-menade aux environs de la ville. En guise de pions, des soldats, casque en tête, fusil chargé, baïonnette au canon, escortaient les prisonniers. Ces procédés aimables, furent de courte durée. Ils cédèrent vite la place aux traitements durs et rigoureux.

Le seul ouvrage alors imposé était la corvée des paillasses, peu pénible mais très-désa-gréable. Elle consistait à bourrer de paille les toiles vides dans les magasins militaires. Nous préparions ainsi des lits à de futurs compa-gnons d'infortune. Pas n'était besoin de re-courir aux journaux, qui du reste ne péné-traient pas jusqu'à nous, pour être informés d'un nouveau désastre ou d'une nouvelle ca-pitulation. Les arrivages de prisonniers en disaient assez long. Le nombre des paillasses remplies correspondait à celui des internés.

Au bout d'une huitaine de ce régime,

commença le travail régulier et obligatoire. Le génie saxon, construisait à cette époque une caserne grandiose, dont les échafau-
dages se dressaient en vue de notre prison.
Il ne manqua pas l'occasion d'utiliser nos
loisirs et de profiter d'une main-d'œuvre économique. Pomper de l'eau, gâcher du mortier,
creuser des tranchées, élever des remblais,
porter des poutres, décharger des voitures de
briques et de pierres, traîner des matériaux,
tel était l'ensemble des tâches de manœuvre,
exécutées par les prisonniers.

Je me rappelle non sans une certaine amertume, qu'une fois mon sort me condamna à
charrier quatre-vingts brouettes de sable. Mes
reins, mes bras et mes mains conservèrent
longtemps un douloureux souvenir de cet
exploit auquel mes études antérieures de droit,
m'avaient insuffisamment préparé. Chacun es-
sayait bien d'en faire le moins possible, mais les
factionnaires impitoyables surveillaient les
travailleurs. La brouette passait sous leurs yeux:
si la charge n'était pas réglementaire, il fallait
retourner au point de départ pour la compléter. La moindre observation attirait des coups
de plat de sabre. Un jour, l'entrepreneur, qui
profitait de notre labeur gratuit, pris d'un ac-

cès de générosité, offrit à chacun des hommes présents, deux cigares, valant un demi-centime pièce !

Tant que la température demeura clémente, l'obligation du travail fut acceptée avec une certaine résignation, et considérée comme diversion à notre oisiveté. Elle avait cela de bon, qu'elle forçait à prendre un exercice nécessaire à la santé. La surveillance était rendue difficile par l'étendue des chantiers et les nombreuses cachettes offertes par les divers bâtiments. Aussi en profitait-on parfois pour se dérober à l'œil inquisiteur des gardiens, ou pour voiler sous les dehors d'une activité plus apparente que réelle, la nullité de la besogne accomplie. Mais quand la neige, entrant en scène, couvrit le sol d'une couche qui a varié de deux à trois pieds, cette corvée devint un véritable supplice. Tous les moyens étaient mis en œuvre pour y échapper.

Le départ donnait lieu à une curieuse comédie. Le sous-officier saxon, chargé de conduire les hommes, les plaçait sur deux files. Un nombre déterminé de travailleurs était exigé. Le sous-officier comptait ses unités, puis les recomptait, pour être bien certain du chiffre de prisonniers confiés à

sa responsabilité, et dont il devait justi-
fier à la rentrée. Dès qu'il atteignait le
milieu de la file, les hommes des premiers et
derniers rangs, se sentant hors de la portée de
son regard, s'éclipsaient comme par enchantement. Autant de fois il contrôlait, autant de
fois le même manège se renouvelait, de sorte
que le malheureux ne parvenait jamais à
compléter le contingent voulu. Alors, saisi
d'un accès de rage facile à comprendre, il
sautait à la gorge du premier Mobile venu,
qui passait sans méfiance, fût-il innocent ou
coupable, et malgré ses protestations que
la différence des idiomes rendaient vaines, le
traînait sur les rangs en l'accablant de coups
de pieds et de coups de poings. Rien de
comique comme la figure de l'infortuné ainsi
happé, qui exhalait sa mauvaise humeur en
des termes énergiques, dont le sens éminem-
ment français ne parvenait point, heureusement pour lui, à l'oreille allemande du destina-
taire. Et alors commençait une chasse infernale dans les salles, à travers les escaliers de
bois et les dortoirs, ébranlés sous le choc des
escadrons de fuyards. Toutes les ruses d'éco-
liers étaient mises à contribution pour
échapper à une capture redoutée. Les dessous

des tables engloutissaient des hommes, les paillasses, les couvertures ensevelissaient les traqués, les placards des cantines offraient un asile inviolable, les lieux d'aisance regorgeaient de clients. Tant pis pour les maladroits qui se laissaient prendre. Ils payaient pour les autres et les coups pleuvaient sur leur dos.

A plusieurs reprises, le sous-officier furieux, lassé d'une poursuite fatigante et peu fructueuse, plaça les sentinelles d'escorte, de distance en distance devant les files, fit charger les fusils, et menaça de mort quiconque sortirait des rangs. Ces jours-là, le nombre réglementaire de travailleurs était vite complété.

Les prisonniers d'Alaun-Platz avaient été répartis en deux compagnies de six cents hommes environ. Un personnel de fonctionnaires militaires saxons était chargé de la direction et de l'administration de chacune d'elles Elles portaient les numéros 22 et 23, ce qui, en prenant pour base le chiffre de six cents, permettait d'évaluer à près de quatorze mille celui des Français internés à Dresde ou dans les environs au moment de notre arrivée. Leur nombre à la signature de la paix dépassait quarante mille. Plus tard les immenses terrains du champ de

manœuvres d'Alaun-Platz se couvrirent de
baraquements, construits pour abriter des
prisonniers provenant de toutes les armées de
France.

La nourriture officielle se composait :

De café sans sucre le matin, au réveil.

De la soupe deux fois par jour, à dix et à
quatre heures.

Voici la composition invariable de l'ordinaire :

Lundi....	soupe au riz, bœuf.
Mardi	— vermicelle, bœuf.
Mercredi .	— millet, bœuf.
Jeudi.....	— pois, lard.
Vendredi .	— lentilles, bœuf.
Samedi ...	— haricots, bœuf.
Dimanche.	— racines, mouton.

Ce menu n'était qu'un leurre.

Très varié, très appétissant à la simple lecture, il ne tenait aucune de ses promesses dans
la réalité.

Quant à la viande, elle n'y figurait jamais
que pour mémoire.

Les pommes de terre qui servaient de base
fondamentale à toutes les soupes étaient souvent gâtées et invariablement gelées, ce qui

les rendait encore plus immangeables, si possible. Les légumes supplémentaires tels que
pois, racines et autres ingrédients, étaient ad-
joints en proportions si nominales qu'elles
rappelaient le « rari nantes in gurgite vasto. »
Enfin, le tout préparé en grandes quantités
dans d'immenses chaudières formait une
bouillie insipide à l'eau tiède, dont l'absorption
journalière écœurait les estomacs les moins
délicats. Pour trouver une bribe de « bidoche »,
il fallait s'adonner à une pêche laborieuse. Avec
beaucoup de patience, on réussissait parfois à
extraire du fond de la jatte un morceau de
nerf ou un os encore garni d'un peu de chair.
Il y avait loin de cette mixture invraisemblable
à la succulente soupe française de pain au
bouillon de bœuf, dont le souvenir constamment évoqué rendait encore plus amère la
nourriture allemande.

Le pain, qui constitue la base essentielle de
l'alimentation des troupes françaises est véritablement excellent dans notre armée. Les prisonniers souffraient et se plaignaient de la
qualité défectueuse de la « boule de son allemande » fabriquée avec du seigle grossier, de
couleur sale, à la croûte d'un rouge vernissé,
mal levée et mal cuite. En outre, le pain dis-

tribué, grâce aux rigueurs d'une température exceptionnelle, était presque toujours gelé.

Chaque compagnie s'acquittait elle-même de ses corvées. Une des plus désagréables, était celle qui consistait à peler les pommes de terre. On remettait à une escouade un sac à éplucher. Cette opération, malgré les lazzis dont elle était égayée, ne laissait pas que de nous être souverainement odieuse, par sa périodicité quotidienne et sa monotonie fastidieuse. Ce tête-à-tête obligatoire avec un légume nous donnait des nausées. S'acquitter de cette besogne s'appelait « prendre le café » parce qu'elle suivait le repas du soir. C'était du reste un véritable « travail de singe » car, le lendemain, en retrouvant dans la bouillie, les quartiers gelés, œuvres de nos veilles, chacun s'empressait de les cracher de son mieux, sous la sensation particulière et désagréable qu'ils causaient à la dent. Cette corvée, en devint une terrible dans toute l'acception du mot, à mesure que l'intensité du froid s'accrut. Les mains engourdies par l'humidité glaciale de la pomme de terre, laissaient échapper le couteau. J'ai vu des hommes, parmi les plus robustes et les plus courageux, contraints d'abandonner la partie, par les douleurs tétaniques d'onglées effroyables.

Les corvées du dehors étaient plus recher-
chées. Les prisonniers de bonne volonté s'at-
telaient en foule à la prolonge d'artillerie qui
allait quérir les vivres dans les divers magasins. C'était un prétexte pour sortir de la prison, une diversion momentanée à la monotonie de la réclusion perpétuelle, une façon
d'entrevoir par échappés une ville inconnue,
de regarder d'autres visages que ceux des gardiens, de rencontrer quelques minois mutins
qui réjouissaient l'œil au passage, après des
mois de dur célibat. C'était aussi une ressource
pour ceux d'entre nous qui peu fortunés, trouvaient le moyen d'adoucir leur sort en se li-
vrant au commerce des boutons.

Quelques mots d'explication sont indispensables pour compendre le mécanisme de ce curieux négoce, qui donnait lieu à de nombreuses
transactions.

Les boutons d'uniforme français offraient
pendant la guerre une variété infinie et un
luxe inouï d'emblêmes, de vignettes re-
poussées, spéciaux à chaque arme ou à
chaque corps. A peine se souvient-on de ce
détail, maintenant qu'ils ne portent plus
même le numéro du régiment. Ceux des allemands contrastaient d'autant plus par leur

simplicité avec les nôtres. Entièrement unis
et polis, ils ne sont revêtus d'aucune marque
distinctive.

En 1870-71, les enfants saxons formaient
des collections de boutons français avec la
même fureur que celle qui a sévi à un moment donné parmi les nôtres pour les timbres-
poste. Ils les enfilaient à une ficelle ainsi qu'un
chapelet de marrons d'Inde. Cette singulière
passion ne datait certainement pas d'origine
récente, car j'ai vu figurer dans ces colliers
des boutons de la Grande-Armée, conservés
sans doute par tradition dans les familles et que
nos pères, marchant alors de victoire en
victoire sous des aigles plus glorieuses que les
nôtres, avaient laissés dans ce pays où leurs
fils étaient maintenant prisonniers. Cette rage
de collection avait haussé d'une façon exagérée
le prix de nos « jetons », considérés jusqu'alors
comme dépourvus de valeur. Chaque spéci-
men suivant sa rareté, ou la loi de l'offre et de
la demande, variait de coût. Ceux du génie,
de l'artillerie, de la garde impériale, de la
Mobile, et surtout ceux des francs-tireurs
de fantaisie, faisaient prime. Il était impossible de sortir dans les rues, sans être
aussitôt poursuivi d'une bande de bambins,

qui s'attachaient à nos pas en criant avec un accent comique : « Monsir, ein pouton » ! Une surveillance incessante était même de rigueur ; au moindre relâchement, les boutons postérieurs étaient prestement coupés. Nous avions pris à la fin l'habitude de ne plus circuler, qu'avec les mains croisés dans le dos, sur la patte de la capote, à la façon des rentiers.

En voyant entre les mains des moutards saxons ces glorieux boutons de la Grande Armée, que de fois je me suis complu à rêver de la destinée des peuples et du revirement des choses humaines. Mon cœur de Français se laissait aller à l'espoir qu'un jour, peut-être, quand l'heure de la justice fatale sonnerait dans la maturité des temps, nos descendants retrouveraient à leur tour nos boutons de Mobiles, sur cette terre de captivité qui a déjà vu nos grands-pères vainqueurs et qui reverra nos petits-fils, vainqueurs eux aussi, justiciers et vengeurs de nos hontes !

Comme compensation aux austérités de l'ordinaire, deux cantines tenues par des adjudicataires civils saxons, dans l'enceinte même de notre prison, fournissaient aux prisonniers qui possédaient de l'argent, du schnaps (eau-de-vie de pommes de terre), de la bière et tous les produits aussi variés que détestables de la charcuterie allemande.

Nous avions eu le bonheur de conserver nos sonneries françaises. Notre clairon attitré était un soldat du 74e de ligne, amoureux fanatique de son instrument dont il jouait en artiste consommé. Ces sons aimés et connus évoquaient comme un rappel de la patrie sur cette triste terre étrangère. Parfois, après ces journées de morne désespérance que connaissent seuls les exilés, étendus sur nos paillasses dans l'attente d'un sommeil récalcitrant, nous rêvions au pays, aux nôtres. Et quand la charpente du dortoir se mettait tout à coup à vibrer sous les notes si pures, si mélancoliques, de l'extinction des feux, un bruit de sanglots étouffés montait de dessous nos couvertures.

Tous les dix jours, une paie équivalente à environ trente-sept sous de monnaie française était distribuée à chaque prisonnier.

Nous étions autorisés à correspondre avec qui bon nous semblait, sous la réserve expresse de ne parler ni de politique, ni de la guerre, ni des traitements qui nous étaient infligés, ni des déplorables conditions matérielles dans lesquelles nous vivions. Les correspondances étaient remises ouvertes ; toute allusion à l'un de ces sujets en arrêtait l'envoi. Les lettres que nous recevions arrivaient décachetées ; celles qui contenaient des renseignements sur le théâtre de la guerre, des récriminations contre nos vainqueurs étaient interceptées.

Les sommes envoyées parvenaient assez fidèlement aux destinataires avec plus ou moins de rapidité, suivant l'encombrement des bureaux et le mode d'expédition.

Cette première période de la captivité fut signalée par une ère d'activité vraiment curieuse.

L'argent était rare alors, les communications étant interrompues depuis les premiers jours d'octobre, époque de l'investissement de Neuf-Brisach. Les parents des prisonniers qui pouvaient leur envoyer des subsides ne connaissaient pas encore, à ce moment-là, le lieu d'internement de leurs enfants. Ce ne fut que beaucoup plus tard et au bout d'un temps assez long que s'établirent les correspondances régulières. Le désœuvrement et l'oisiveté des heures de prison commençaient à acquérir une intensité qui, pourtant, ne devait que s'accroître avec la durée. D'où la nécessité de combattre par tous les moyens une inaction forcée.

Cette situation psychologique fut adroite-
ment exploitée par les habiles et les « rou-
blards » qui surent en tirer un parti avantageux. Elle suscita l'éclosion d'une foule d'in-
dustries inattendues dont les produits, en
procurant de l'argent à ceux qui n'en possédaient pas et n'en espéraient point de leurs
familles, avaient l'avantage d'occuper les longueurs de la veillée. C'est dans la création de
ces ressources que se déploya le génie indus-
trieux et inventif du troupier français. Il y
avait vraiment plaisir à voir jaillir les ustensiles
les plus divers de mains qui ne disposaient
que de moyens tout-à-fait rudimentaires. Le
couteau était l'unique outil ; les rayonnages et
les tables de sapin fournissaient les seuls matériaux Ainsi furent fabriqués des jeux de lo-
tos, de dames, de jonchets, d'échecs, de dominos, de jacquet, de dés, de quilles, etc. etc.

Tous ces objets, grossiers il est vrai, rem-
plissaient admirablement leur but en tuant
le temps par l'émotion et les chances du gain.
Leurs créateurs encaissèrent de belles recettes
au début, grâces à la nouveauté et au manque
absolu d'autres distractions. Ce fut pendant
un moment une sorte de rage. La location de
certains jeux était même mise aux enchères, en

présence des demandes multipliées. Le prix s'établissait à l'heure pour quelques-uns, à la partie pour d'autres. Quant au loto, distraction favorite du soldat français, le propriétaire prélevait son salaire sur chaque gagnant. Il proclamait à haute voix les numéros extraits du sac, en accompagnant chacun d'eux de sa qualification populaire usitée, dont un grand nombre ne manque pas d'une originalité piquante et crue. Mes amis et moi, nous nous livrions, le soir, aux douceurs alternées du rheims et du whist, grâce à des cartes graisseuses, conservées dans nos sacs, au milieu de toutes leurs tribulations.

Epris d'un zèle soudain pour la langue allemande, nous fîmes des acquisitions de grammaires et de dictionnaires, qui, je dois le confesser, ne furent pas feuilletés souvent. Nos beaux projets ne tinrent pas longtemps, devant la difficulté de la matière, l'ennui croissant, et surtout la violence du froid, qui ne permettait ni la position sédentaire, ni l'application indispensable au travail intellectuel. Les plus lettrés des Alsaciens internés avec nous donnaient des leçons d'allemand aux camarades plus persévérants, à un prix modique, mais suffisant pour adoucir le sort des moins fortunés.

D'autres de nos compagnons, qui connaissaient le dessin linéaire, s'adonnèrent à la confection du plan des fortifications de Neuf-
Brisach. Le débit en était aisé, chacun voulant
conserver, à titre de souvenir, la reproduction
de ces lieux connus.

Des artistes, des amateurs peignaient et
dessinaient les divers épisodes de la campagne,
la vue de notre prison, les costumes bigarrés
des prisonniers, les uniformes allemands, des
charges, des caricatures, des types grotesques,
d'autres sculptaient des morceaux de sapin avec
des couteaux de pacotille.

Les cordonniers réparaient les chaussures
brûlées par la neige ; les tailleurs cousaient,
transformaient, rapiéçaient les uniformes en
loques.

Les chasseurs, les braconniers même comptaient des représentants parmi les prisonniers.
Malgré les moyens primitifs dont ils disposaient, leur chasse était parfois couronnée de
succès. Balayant la neige sur une petite surface, ils y semaient des miettes de pain. Puis,
au dessus de ce coin nettoyé, ils inclinaient
une planche chargée d'une lourde pierre et
soutenue par un piquet mobile attaché à une
ficelle. Les alouettes huppées abondent dans

les rues de Dresde, comme les moineaux dans nos grandes villes. Elles sont aussi familières qu'eux. Quand l'une d'elles, poussée par la faim, se jetait sur l'appât, une brusque traction de la corde, enlevant le soutien, faisait tomber la planche sur la victime.

Tous, en un mot, d'une manière ou de l'autre, réagissaient contre les ennuis de la réclusion, soit en tirant profit de leur labeur par la vente de leurs œuvres, soit en cherchant dans une occupation conforme à leur goût, une distraction salutaire. Et l'activité déployée dans cette ruche de douze cents prisonniers offrait comme une réduction du grand combat pour l'existence.

Si la captivité me procura l'occasion d'observer de très près l'ingéniosité de l'individu aiguillonné par la nécessité, elle me permit de constater une fois de plus de quel énergique ressort sont doués nos compatriotes. Le découragement est parfois rapide chez nous, mais il est rarement de longue durée. Tous ces hommes actifs, remuants, qui loin de se laisser abattre par leur misérable condition de prisonniers relevaient la tête et s'ingéniaient à combattre de toutes facons les tristesses de leur sort, offraient un spectacle consolant pour l'avenir. Ne suffit-il pas de jeter un simple coup d'œil sur le chemin parcouru depuis 1870, pour apprécier les effets de cette merveilleuse puissance de réaction, qui est un des plus précieux apanages de notre race ?

Quand les communications avec la France eurent pris un train régulier, cette activité issue des circonstances tarit sous l'abondance de l'argent ou du moins changea d'allures. Un certain nombre de jeunes gens appartenant à des familles riches se trouvaient parmi nous. Beaucoup recevaient de leurs parents des billets de banque qu'ils n'avaient guère l'occasion de dépenser autrement qu'en nourriture et boisson dans les cantines ou en objets provenant de l'industrie des prisonniers. De leur côté, les paysans, les ouvriers, malgré la dureté des temps, s'efforçaient, dans la mesure de leurs moyens, d'envoyer une obole à leurs fils captifs. Ces causes réunies contribuèrent à répandre une aisance générale.

Nos vainqueurs étaient surpris de trouver tant de capitaux chez leurs esclaves. L'or produisit son effet naturel. Les Allemands, pas plus que le commun des mortels, ne sont insensibles à sa fascination. Ils surent bientôt, à leur tour, tirer un parti avantageux de cette situation monétaire

pléthorique. Peu à peu, nos gardiens se trans-
formèrent en négociants plus ou moins scrupuleux. Les poches de leurs vastes capotes rece-
laient des cargaisons des objets les plus variés
pris à crédit dans les magasins de la ville et
écoulés aux prisonniers à des prix variant
entre quarante et soixante pour cent de leur valeur. Ce négoce interlope, sévèrement in-
terdit par l'autorité supérieure, a certainement
rapporté de gros bénéfices aux subalternes
qui l'ont exercé, aux risques de punitions
sévères. De telle sorte qu'au bout d'un certain
temps, les rigueurs primitives de la captivité
s'atténuèrent par cette facilité de se procurer
les choses non-seulement indispensables, mais
aussi superflues. Ce n'était plus qu'une question de prix.

Le commerce des pipes d'écume, de porcelaine, et des articles pour fumeurs, fut sans
doute le plus lucratif, à en juger par les
nombreuses transactions auxquelles il donnait
lieu.

Les cantines qui, au début, étaient mal pourvues, s'approvisionnèrent de denrées assor-
ties, en face des demandes toujours crois-
santes. A la fin de notre séjour, en commandant à l'avance, on y trouvait même du

gibier, des vins de Bourgogne, ou du moins vendus comme tels, et du Champagne plus ou moins authentique, le tout à des tarifs abordables pour les seules bourses très-bien garnies.

Sous les influences multiples de l'abondance d'argent, du désœuvrement prolongé et de la lassitude causée par les prosaïques distractions du loto, des dames, des dominos, etc., des essais de baccarat furent tentés. Les parties, timides d'abord, restreintes, prirent bientôt des proportions exagérées. L'or et les billets entrèrent en danse et les tailles s'ouvrirent au public. Rien de navrant à contempler comme ces petites succursales de Monaco. Les immenses tables n'étaient plus assez vastes pour contenir la foule des empressés qui se bousculaient autour du tapis de « sapin ». Quelques riches désœuvrés ou croupiers de profession taillaient des banques, engrenant par l'exemple contagieux de leurs bénéfices, la masse des prisonniers besogneux, incapables de résister à l'appât d'un gain éventuel, facile et considérable. Quelle pitié de voir de pauvres diables apporter à ces tripots une modeste pièce de vingt sous, leur unique avoir, d'autres, dénués de ressources, risquer leur paie entière sur une carte, la perdre et revenir dix jours après exposer la paie suivante. Les gagnants avec leur imprévoyance habituelle, écoulaient dans des orgies scandaleuses à la cantine, les sommes prélevées sur la ponte. Que d'argent follement dépensé au nez de gens qui souffraient de toutes les privations !

Les tables de baccarat chômaient rarement. Un soir, une ronde attirée par la lumière non éteinte après l'heure réglementaire de l'extinction, envahissant brusquement la salle, surprit les coupables en flagrant délit. Des ordres sévères, des punitions furent donnés, mais restèrent inefficaces. Les joueurs, instruits par cette expérience, eurent la précaution de placer des hommes rétribués, de distance en distance, qui les prévenaient, au moyen de signaux convenus, de l'approche d'une patrouille intempestive. Aussitôt les bougies soufflées, les délinquants, à la faveur de l'obscurité, regagnaient à tâtons leurs paillasses. Puis, la ronde disparue, les enragés reprenaient la partie interrompue.

Des concerts de musique vocale avaient lieu, deux fois par semaine, le dimanche et le jeudi. Les chanteurs, hissés sur une table, exécutaient, à tour de rôle, leurs morceaux. Les chansonnettes comiques jouissaient toujours d'une

vogue continue. Fatigué du jeu ou maltraité par
ses hasards, le gros public se porta peu à peu à ce
spectacle purement gratuit à l'origine. Encou-
ragés par les applaudissements, les acteurs amateurs rivalisèrent d'émulation. Le répertoire
des chansons s'enrichit de nouveautés inédi-
tes. Un premier essai de duo fut tenté et réussit.
De là, il n'y avait qu'un pas à la saynette à deux
personnages. « La chambre à deux lits » obtint
un succès complet. Attirée par la hardiesse et
l'originalité de la tentative, la foule applaudit
à outrance. Cela suffit pour provoquer la création d'un vrai théâtre. Les éléments nécessaires
abondaient dans une réunion d'hommes de
toutes conditions et de toutes professions. On
se mit de suite à l'œuvre. L'absence de capitaux
chez les organisateurs et le manque des objets
indispensables rendirent les débuts scabreux,
mais les difficultés s'aplanirent devant la
sympathie générale. Chacun apporta le
concours, soit de son argent, soit de son
expérience ou de son industrie particulière. Un jeune acteur des Célestins, véritable
enfant de la balle, se trouvait dans nos rangs.
Activement secondé par un groupe de coopéra-
teurs intelligents, il prit la direction de l'entreprise, qui lui revenait en quelque sorte de droit.

Plusieurs tables réunies formèrent le plancher de la scène, d'autres dressées en hauteur simulaient le fond et les portants. Des décors sommaires furent brossés au charbon par des peintres, les accessoires grossièrement fabriqués ou figurés avec plus ou moins de vraisemblance. Au besoin, une annonce explicative, ainsi que dans les théâtres chinois, suppléait à l'insuffisance de l'objet représenté. Une bonne volonté indulgente, doublée d'une certaine dose d'imagination, complétait la réalité.

Le théâtre fondé, se dressait aussitôt la question du répertoire. Les textes manquaient et il était inutile de songer à s'en procurer. Et puis comment trouver des ouvrages susceptibles d'être interprêtés par une troupe novice et inexpérimentée ? Cette difficulté ne refroidit pas le zèle des promoteurs, qui eurent l'idée de faire appel à toutes les mémoires, à tous les souvenirs vagues ou précis. Le choix de la pièce décidé, ceux qui, autrefois, avaient assisté à sa représentation se réunissaient et au moyen d'une collaboration assurément curieuse, reconstituaient l'intrigue, le sens et les principaux passages. Le scénario ainsi rebâti à l'aide de ces contingents divers appor-

tant chacun leur pierre à l'édifice commun,
les rôles étaient distribués, et la pièce mise en
répétition. Je regrette de n'avoir point conservé un de ces singuliers manuscrits, qu'il eût
été certainement intéressant de comparer à
l'original.

Une souscription fut organisée au profit
du théâtre. Il fallait bien trouver les sommes nécessaires pour payer les matériaux,
les décors, les accessoires, les costumes,
leur confection et rémunérer les acteurs ainsi
que le personnel. La plus minime obole était
acceptée avec reconnaissance. Des quêteurs
postés près des tables de baccarat soutiraient
une offrande aux joueurs heureux. Une enceinte
réservée aux places payantes fut installée devant
la scène. Tout autour se pressait un public,
qui jouissait, debout, du plaisir gratuit du
spectacle.

Le 23 décembre 1870, eut lieu l'inaugura-
tion solennelle du théâtre des prisonniers
d'Alaun-Platz, par le vaudeville populaire :
La consigne est de ronfler. Ce choix était in-
diqué, car sur trois rôles, deux exigent un
costume militaire, qu'il n'était pas difficile de
se procurer. Une dédicace en vers fut lue aux
applaudissements frénétiques de l'assistance.

Je la transcris sur une copie conservée.

L'auteur, garde-mobile du Rhône, est mort, ainsi que tant d'autres, quelques mois après sa rentrée en France, des suites d'une maladie contractée pendant la campagne et la captivité.

Çà ! Messieurs, nous avons accouché d'un théâtre !
L'enfant sera, je crois, d'une gaieté folâtre
A défaut de talent, il aura de l'entrain.
Il n'a que des lampions ; ne cherchez pas d'étoiles
Et soyez indulgents pour le bébé de toiles
Que je viens présenter au public son parrain.

Qu'importe le décor, pourvu que l'on s'amuse !
Nous n'avons rien d'antique ici... Car notre Muse
N'est pas la Melpomène au masque olympien.
C'est la Mimi Pinson, c'est la folle Musette
Dont le rire argentin sans souci, gaiement jette
La gaudriole au nez du vieux rite païen.

Je sais bien qu'il nous manque encore l'ingénue,
Dont, sous la gaze, on voit briller la gorge nue.
C'est triste : mais après quatre mois de combat,
Où nos virginités tristement conservées,
Au quartier de l'Amour ne font plus de corvées,
Nous sommes bien vraiment rompus au célibat.

Sur ce théâtre enfin, dépourvu d'avant-scène
Nous avons pour devise avant tout le sans-gêne,

Nous laisserons crier même : A bas le lorgnon !
Car ce n'est qu'en France, où le sergent de ville
Fleurit, qu'on fait coffrer le bohême incivil
Qui, du noir poulailler, nous jette des trognons.

Nous n'avons pas non plus pouvoir discrétionnaire,
Et vous êtes, Messieurs, presque tous actionnaires.
Nous devons ces décors à vos dons généreux.
Si la lumière ici. n'est hélas ! qu'un vain rêve,
Si vos lustres absents, ô lampistes, font grève,
L'acteur y suppléera par l'éclat de ses feux.

Essayons de cacher malgré les gens moroses
Les épines de fer de l'exil sous les roses.
Si nous troublons un peu les éternels dormeurs,
Qui dans ce paradis ronflent sur nos paillasses,
Les rires éclatants de Pierrot, de Paillasse
Chassent les cauchemars des prisonniers rêveurs.

Pâle et demi reflet d'une gaîté flétrie,
Ce théâtre jouera surtout pour qu'on oublie,
Car les doux souvenirs sont fatals dans l'exil ;
Lorsque vient la nuit, triste on rêve à ce qu'on aime.
On te revoit pleurant, pauvre mère au front blême,
Songeant à ton enfant dire : Hélas, que fait-il !

Panorama des rêves où l'espoir vous caresse,
Cachant dans sa douceur l'amertume qu'il laisse,
On revoit un instant Lyon au front brumeux
La chambre des amis, la vieille brasserie,
Où fidèle, en un coin, dort la pipe noircie
Et quelques têtes blondes en un rideau crêmeux.

Ce vertige divin vous grise et vous oppresse,
Mais il faut en chasser la douloureuse ivresse.
Cachons nos durs barreaux sous ces rideaux épars,
Plions encore sous leur odieuse cravache
Jusqu'au jour du triomphe où nous mettrons :
« Relâche » pour cause de départ!

Le succès du prologue et du vaudeville fut complet. Le rôle de l'ingénue rempli par un jeune mobile imberbe, de tournure féminine, souleva les applaudissements enthousiastes. Le médecin civil qui donnait ses soins aux prisonniers avait fourni le costume, une vieille robe hors d'usage ayant appartenu à sa femme.

La prospérité du théâtre s'accrut de jour en jour. Nos geôliers accordaient de temps à autre aux acteurs l'autorisation d'aller en ville, sous escorte, faire les emplettes nécessaires. Le matériel se compléta peu à peu. Les accessoires et les décors furent exclusivement confectionnés par les prisonniers. Seule la matière première fut achetée. On aborda les pièces à plusieurs personnages. Le vaudeville intitulé « *Ma nièce et mon ours* » de Scribe, et dont l'interprétation exigeait de nombreux sujets, fut reconstitué par le procédé collectif dont j'ai parlé. Il inaugura une nouvelle série. L'ours obtint un

succès fou. Une tête grossièrement peinte,
émergeant d'une peau de bique prêtée par un
Mobile, figurait l'animal.

Des musiciens de bonne volonté s'offrirent
en masse pour remplir les intermèdes. On
loua des instruments en ville et un véritable
orchestre d'amateurs, tous fanatiques de musique, exécutait des morceaux d'opéra et des
ouvertures pendant les entr'actes, au grand
ravissement de l'auditoire sous le charme.

Les Allemands semblaient prendre intérêt
et encourager ces tentatives artistiques écloses
dans des circonstances si peu favorables. Il
n'était bruit dans Dresde que du théâtre des
prisonniers d'Alaun-Platz. L'autorité militaire
était assaillie de demandes d'autorisation pour
assister aux représentations. Des officiers
saxons, des fonctionnaires s'asseyaient parfois au premier banc réservé aux invités.
Je me suis souvent demandé quelle était la nature de l'effet produit sur nos vainqueurs.
Leurs figures, graves et impassibles presque
toujours, ne m'ont guère révélé le secret de
cette énigme. Se contentaient-ils de regarder,
sans comprendre le sens, difficile à saisir pour
une oreille étrangère, de l'argot spécial de nos
vaudevilles? Venaient-ils attirés par une sim-

ple curiosité banale, ou par l'attrait d'une originale étude de mœurs ? A en juger d'après
l'anecdote suivante, leur jugement devait nous
être peu favorable.

Interné plus tard à Leipzig, j'assistais à une
représentation donnée par les prisonniers de
cette ville, en compagnie d'un jeune Saxon, que
j'avais connu en France, à Lyon même, où il
avait séjourné deux ans. Nous discutions
souvent sur les qualités et les défauts de nos
nations respectives, avec une vivacité et
une franchise amicales, mais qui n'excluaient
nullement la constatation de vérités parfois un
peu brutales. A la sortie du spectacle, deux
officiers échangeaient leurs impressions. L'un
d'eux rappelait à l'autre cette boutade d'un
humouriste allemand, que mon ami Saxon
s'empressa aussitôt de me traduire, avec un
malin plaisir : « Les autres parties du monde
ont des singes : L'Europe a des Français. Cela
se compense. »

Néanmoins, malgré les esprits chagrins
portés à critiquer ce genre de distractions, en
présence des tristes événements qui achevaient
de se dérouler, je dois déclarer qu'elles
étaient nécessaires, indispensables. Celui
qui n'a jamais souffert de la privation de la

liberté ne saurait concevoir les tristesses
noires qu'engendre la réclusion prolongée
et sans terme à prévoir. Celui qui n'a jamais
reçu les coups de plat de sabre d'un soldat
allemand, celui qui n'a jamais senti son cœur
se gonfler de rage impuissante sous la main de
fer d'un oppresseur, celui qui ne s'est jamais
demandé à certaines heures si son supplice ne
se terminera pas par la folie ou le suicide,
celui-là ne comprendra pas l'impérieuse nécessité de réagir de toutes façons contre une
maladie particulière qui a un nom : Le spleen.
Les représentations théâtrales jouaient le rôle
bienfaisant de dérivatifs. Ce sont elles qui, en
opérant une diversion favorable sur le cours des
humeurs sombres, retrempaient dans un rire de
bon aloi, les énergies défaillantes. Le prisonnier n'a plus qu'un souci, celui de sa liberté.
Tout ce qui détourne ses pensées de cette idée
fixe est un bien. Pendant quelques heures,
le poids d'une captivité intolérable disparaissait sous les influences d'une réaction
salutaire. Les soirs de spectacle, la perspective
paraissait moins noire, le présent moins dur,
le jour de la délivrance plus proche. Le prologue
ne disait-il pas du reste : Ce théâtre jouera
surtout pour qu'on oublie. Or, oublier ses

misères, n'est-ce pas les dominer et se montrer plus fort qu'elles.

Le froid était aussi l'un de nos plus mortels ennemis. Dès les premiers jours de décembre la terre se couvrit d'une épaisse couche de neige, qui ne fondit qu'au mois de mars. Les voitures avaient été remplacées par des traîneaux. Tous les charrois et transports ne s'effectuaient plus qu'au moyen de trains de charrettes dépourvues de roues et glissant sur des patins recourbés. Le thermomètre descendit jusqu'à — 30 degrés Reaumur. La gamelle mise pleine d'eau, le soir, au chevet de la paillasse pour la toilette du lendemain, ne contenait plus qu'un bloc de glace au réveil. Le vin, la bière, l'encre même gelaient. Il devenait très-dur de vivre dans ces conditions de température. Six poëles minuscules, perdus dans notre vaste prison, qui affectait les dimensions d'une gare de chemin de fer, répandaient un simulacre de chaleur. Même au cas où la salle eût été chauffée par des moyens proportionnés à son étendue, l'immense porte d'entrée constamment ouverte sous les allées et venues incessantes de douze cents hommes, n'eut pas permis de conserver un calorique suffisant. A rester assis quelque temps, on courait le risque d'être gelé sur place. Une locomotion même quasi-perpétuelle était impuissante à dissiper la sensation intense et persévérante du froid ; tout au plus préservait-elle des saisissements et des brusques congestions qui occasionnaient de fréquents accidents.

Le travail continua pourtant sans interruption malgré la rigueur anormale de l'hiver. Aussi ne se passait-il pas de jour qu'on ne rapportât du chantier des hommes tombés raides ou avec des membres gelés.

Une épidémie de petite vérole noire sévissait, causant de nombreuses victimes. A chaque instant des prisonniers entraient à l'hôpital pour y mourir. Nous perdîmes de cette façon plusieurs de nos amis, sans qu'il fût possible d'adoucir leurs derniers moments. L'un d'eux s'éteignit de langueur et d'épuisement, au milieu d'une nuit, sur la paillasse même que j'avais abandonnée, lorsque je partis pour Leipzig.

Comment peindre l'état moral des prisonniers ! Aucune nouvelle précise de la guerre ne pénétrait jusqu'à eux. Des bruits vagues de désastres et de défaites, colportés par la rumeur publique, venus on ne sait d'où, circulaient de temps à autre. Mais Paris as-

siégé tenait toujours. C'était là une certitude
corroborée par le témoignage même de nos
geôliers, qui s'accordaient le malin plaisir de
nous répéter : « Paris capout ! Paris capout ! »
avec des mines longues démentant leur assertion. On s'attendait donc à une résistance prolongée de ce côté-là, et parfois nous nous sur-
prenions à espérer en faveur de notre malheureux pays un chimérique retour de fortune,
espoir rendu excusable par notre ignorance
absolue des évènements et de la situation. Et
ce n'était pas là une des illusions les moins te-
naces de notre patriotisme. J'en retrouve l'expression dans les trois derniers vers du prologue :

> « Plions encore sous leur odieuse cravache
> « Jusqu'au jour du « *triomphe* » où nous mettrons
> « Relâche pour cause de départ. »

Les malheureux qui ne possèdent plus aucune chance de salut ne se forgent-ils pas des
chimères jusqu'à la dernière extrémité ? Nous
en étions là. Qui oserait pourtant sourire de
la naïveté de nos espérances ? Dans tous les cas,
le jour de la délivrance n'apparaissait plus
qu'à travers un avenir très-éloigné. Sous cette
perspective, le temps se traînait pesant. Nous

avons tous connu le spleen ou quelque chose d'équivalent, sinon pire. A certaines heures de cette lugubre période, nous eussions fait bon marché de notre vie. Mais pourquoi m'appesantir sur ces tristes souvenirs? Il est des choses qui ne sont point bonnes à dire. Si jamais les destins mystérieux préparent les voies à notre infortunée patrie, le levain de haine et de vengeance, qui a fermenté dans le cœur des prisonniers, produira ses fruits à l'heure inévitable, où le fer appelle le fer, où le sang versé demande du sang expiateur.

La monotonie et la rigueur de notre vie devenaient de plus en plus intolérables. A six heures du matin le réveil. Le sommeil était encore le meilleur des refuges. Mais les geôliers impitoyables avaient hâte de nous voir reprendre le harnais de misères. Parcourant les dortoirs, ils frappaient à tour de bras ceux qui s'attardaient dans la tiédeur des couvertures. Départ des hommes de corvée pour le travail. Retour avant la soupe du matin. Dans l'après midi, nouvelle équipe conduite au chantier et recrutée par la fantaisie du sous-officier saxon, chargé de notre compagnie. Ceux que le hasard favorisait, demeuraient dans la prison, livrés à une oisiveté, fréquemment troublée

par de fastidieuses corvées de balayages, de
curages des lieux d'aisances, de charrois de
vivres, d'épluchages de légumes, etc., etc.

Comment s'adonner du reste à une occupation quelconque, avec un froid tellement
intense, qu'il ne laissait même plus la faculté
de jouer, de s'asseoir. L'esprit et le corps atteignaient un égal degré d'engourdissement.
C'était une atroce souffrance que celle qui
résultait de la nécessité de marcher sans cesse,
de tourner en rond comme des ours en cage,
sans répit ni trève, pour rétablir la circulation
du sang et éviter les congestions. Le soir
venu, les jambes moulues et brisées refusaient
tout service et obligeaient de chercher un
repos prématuré sur la paillasse. Que d'affec-
tueuses et intimes causeries entre amis
pendant les interminables allées et venues
quotidiennes et les longues veillées sous les
couvertures!

Le dimanche, les habitants de la ville rô-
daient autour de l'enclos en planches du préau,
percées avec nos couteaux de trous innombrables, destinés à agrandir notre court horizon.
Ils circulaient dans leurs habits de fêtes, en-
tourés de nombreux enfants amenés là comme
à un spectacle peu coûteux. Grands et petits

se distrayaient à nous jeter des pommes et des noix, ainsi qu'aux animaux des jardins zoologiques. Ces jours-là, un cordon de uhlans, adjoint à nos gardiens ordinaires, empêchait les curieux d'approcher trop près des cloisons de notre prison.

Le 8 décembre, un prêtre catholique célébra la messe pour la première fois à Alaun-Platz. Plusieurs tables ajoutées bout à bout formaient l'autel. Pendant l'élévation, le clairon sonnait. Depuis cette époque, tous les jeudis, se répétait la même cérémonie.

La rigueur de la température rendait presque méritoire l'accomplissement des devoirs les plus élémentaires de propreté. Des causes multiples engendrèrent une épidémie spéciale, peu dangereuse mais très désagréable. Je veux parler de la vermine qui s'attaqua avec rage aux prisonniers. C'était une espèce de gros poux blanc qui se multipliait avec une rapidité effrayante. La difficulté de faire blanchir le linge et d'en changer souvent, la poussière des paillasses, l'échauffement et l'irritation de la peau, produits par le contact perpétuel des mêmes vêtements portés le jour et la nuit, le régime, le froid, l'impossibilité matérielle de satisfaire aux soins hygiéniques, tous ces éléments combinés contribuaient à favoriser la propagation de cet insecte répugnant. En vain se livrait-on à une chasse exterminatrice, en vain recourait-on au linge neuf, toutes les précautions échouaient contre la vitalité tenace du monstre. J'ai vu des camarades se prendre sur le corps, chaque jour, une centaine de ces hôtes incommodes, sans que ces exécutions répétées parussent diminuer d'une façon appréciable ces légions d'affamés.

Quelques évasions hardies se produisirent parmi les captifs d'Alaun-Platz. Ainsi que je l'ai déjà dit, le chantier de travail était très-étendu et offrait dans les caves et souterrains des bâtiments en construction des cachettes propices. Ceux qui voulaient prendre la clef des champs avaient soin de revêtir des vêtements civils sous leur uniforme. Le moment venu, ils dépouillaient celui-ci dans un coin quelconque. Puis, une planche ou un sac sur l'épaule ils passaient la porte sous le nez des factionnaires, qui les prenaient pour un des ouvriers civils travaillant de concert avec les internés.

J'admirai sincèrement l'énergie de ces audacieux prisonniers qui, sans connaître un mot de la langue allemande, se lançaient en aveugles dans une pareille équipée, très-rarement couronnée de succès. L'entreprise était rude. Deux ou trois privilégiés, après des péripéties romanesques et des souffrances inouïes au milieu des neiges, parvinrent à gagner la Bohême et à rentrer en France. Tous les autres, repris après quelques kilomètres de route, furent enfermés dans les cachots et soumis aux traitements les plus durs.

Nos geôliers, que ces tentatives exaspéraient, redoublèrent de surveillance et de vexations. Les sorties en ville pour toucher les mandats-poste dans les bureaux, pour les achats du théâtre furent suspendues. Ils menacèrent d'arrêter les envois d'argent et les correspondances, de fusiller les évadés qui seraient rattrapés.

Et, dans le but de couper net aux velléités d'évasion, ils eurent recours aux moyens préventifs. Les Mobiles, vu la pauvreté et l'insuffisance de leur équipement militaire, avaient conservé un grand nombre de vêtements civils qu'ils endossaient sous leurs vareuses trop minces pour les préserver du froid. Des fouilles minutieuses furent pratiquées dans les paquets, les sacs, les paillasses. Tous les objets suspects, tel que : cartes de géographie, plans, lorgnettes, compas, bâtons, pantalons, vestes, casquettes qui n'étaient point d'uniforme furent impitoyablement enlevés à leurs infortunés propriétaires. Ce fut une râfle complète qui nous laissa dans le dénûment.

Leipzig.

Des amis dévoués, de Lyon, conçurent l'idée de me tirer du « carcere duro ». Profitant de leurs relations amicales avec deux négociants de Leipzig, ils les sollicitèrent d'user de leur influence en faveur de mon élargissement. C'est en vertu de cette démarche, tentée à mon insu, que je fus transféré de Dresde à Leipzig. Une fois là, après trois jours consacrés à diverses formalités, j'étais rendu à la liberté. Je garde une profonde reconnaissance à ceux qui se sont employés si utilement à me servir, ainsi qu'à mes deux nouveaux amis saxons qui m'ont comblé d'attentions et de prévenances. Et si ce n'était un lieu commun, ce serait bien là le cas de proclamer que la guerre est une œuvre véritablement sacrilège, car des amitiés se nouent entre les créatures humaines, à l'encontre des évènements, des nationalités, des religions, des haines héréditaires, des conquérants et du sang versé.

Me voici parvenu au terme de mon récit, car mon séjour à Leipzig n'offre plus qu'un intérêt particulier.

Il me faut renoncer à peindre le bonheur intense que j'éprouvai à me sentir libre après une incarcération de deux mois, à rentrer dans la possession de ces mille riens qui constituent les bases de la vie normale.

Je devenais fou à la pensée de coucher dans un lit, sans vêtements, d'y dormir quarante-huit heures à poings fermés. Ce fut ma première déception ; sans doute mon retour de la vie du sauvage à celle du civilisé avait été trop brusque, car ce manque de transition me valut un magnifique rhume de poitrine. Subir les épreuves d'une campagne et d'une captivité sans souffrir du moindre malaise et attraper un rhume pour une nuit passée dans des draps, n'est-ce pas là une des bizarreries de cette loi fertile en anomalies qui a nom : la malice des choses?

Il y a des joies qui ne s'expriment pas, c'est pourquoi je ne dirai rien de mon retour au logis après sept mois d'absence.

Au sortir des grandes secousses et des grandes agitations, l'existence revêt une sorte

de saveur toute nouvelle. Le souvenir affaibli
des dangers et des souffrances traversés en
double le charme. Ce fut du moins la sensation qui persista en moi pendant de longues
années.

Et pourtant si je me surprends maintenant, au milieu des monotonies de la vie
journalière, à évoquer ce passé déjà lointain avec son cortège de misères évanouies,
ce n'est certes pas pour le maudire. Ma sincérité me force à lui accorder une larme de
regret mélancolique, comme à la période la
plus féconde, la plus vibrante, la plus remplie
d'émotions saines et généreuses des jours de
ma jeunesse envolée. Je n'échangerais pas
contre des millions, ma petite place et mon
petit rôle dans les événements qui ont si
profondément modifié la situation de notre
patrie, s'il est admis qu'aucune puissance humaine ne les aurait empêché de survenir à
leur heure. Loin de moi la pensée de souhaiter
le retour de pareilles catastrophes, mais si la
fatalité l'exige encore une fois, je reprendrais
presque avec joie la capote et le fusil. Car le
temps et l'âge coulent impunément sans amor-
tir la persistance de rancunes imprescriptibles
que ceux-là seuls qui ont été prisonniers de

guerre comprendront mieux que tous autres.

De conclusion à ce simple récit, en serait-il besoin ? Je ne le pense pas. Il y a des drames qui impriment une marque indélébile sur une vie entière.

Pour ma part, je n'ai jamais oublié :

Qu'élevé dans l'aisance, j'ai connu la faim, la soif, la fatigue, le froid, la misère et le désespoir.

Que mes seuls vêtements étaient ceux que je portais.

Que j'avais manqué des choses réputées les plus indispensables.

Que j'avais subi toutes les hontes de la défaite, toutes les humiliations de la captivité, toutes les angoisses du soldat et du citoyen, qui voit son pays envahi par l'étranger et déchiré par la guerre civile.

Que j'avais contemplé la mort en face, sinon sans émotion du moins avec une résignation absolue.

Et qu'il m'avait été accordé, après ces épreuves, de rentrer au foyer paternel sain et sauf, sans blessures, sans infirmités, sans que la maladie ait un seul jour éprouvé ma santé.

Et malgré tout et quand même plein d'espoir dans les destinées futures de la France.

Maintenant que mon récit est terminé, puissent mes chers amis et compagnons d'armes, retrouver dans ces pages, que je leur dédie, les sentiments de sincérité et les accents de vérité qui m'ont inspiré. Leurs propres souvenirs seront mes meilleurs juges !

29.256. Imp. WALTENER ET Cⁱᵉ, rue Belle-Cordière, 14. — Lyon.